臭臭先生
Mr Stink

大衛・威廉 著
昆丁・布雷克 繪
鐘岸真 譯

晨星出版

獻給我的媽媽凱薩琳，
她是我見過最慈祥的人。

『看似荒唐、卻是原創性十足、發人深省的故事。』

——知名小說家亞曼達克雷格評爲英國年度最佳兒童圖書

『令人非常愉快……又一個羅德·達爾誕生了。』

——《泰晤士報》

『很棒的故事……喜劇天才。』

——《愛丁堡晚報》

『與衆不同，連插圖也很爆笑！』

——英國《熱度》雜誌

荒誕不羈的現實人生

本書以認識流浪漢爲開頭是一般故事中頗爲新奇的部份，而主角是一個本身不優秀的小女孩，讓這本書開始有了稀奇古怪的組合與想像吸引力。

小女孩壓抑的性格在認識了流浪漢臭臭先生以後，有了具體且革命性的變化。而本書也因爲臭臭先生的誠實，被迫以辛辣的態度剝開隱藏於社會的問題——虛僞、漠視。尤其當臭臭先生意外走紅時，隨之刻劃荒腔走板的政治角力戰，因此拉開了整本書最不堪的人性醜陋面時，讓讀者有著哭笑不得的撼動。

當女孩的父母在與臭臭先生的堅持與眞摯對談中，找回理解眞愛與眞心對談的機會時，又是多麼動人的一課呀！

本書用字遣詞淺顯易懂，章節的安排清楚明白，很適合給中高年級的孩子閱讀，其中書本探討的議題也很適合讀書會的帶領者及讀者們深思。

——新竹市故事協會理事長　謝芳伶

目錄
CONTENTS

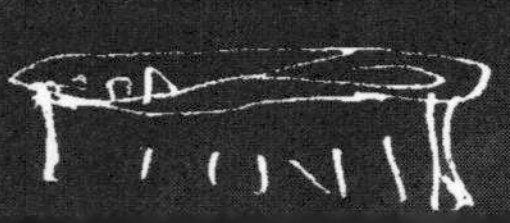

1 刮一刮，聞一聞

臭臭先生從以前就很臭，到現在還是很臭。如果有「臭透」這種說法的話，那他實在臭透了。他是有史以來最臭的人。

臭是最糟的一種味道。臭比難聞還糟，難聞比怪味還糟，怪味比異味還糟。而一陣飄來的異味就足以讓你的鼻子皺起來。

臭臭先生會這麼臭實在不是他的錯。

畢竟，他是個流浪漢。他沒有家，所以根本沒有機會像你我一樣可以洗澡。這樣的日子過一陣子之後，這種味道就會越來越糟。

這裡有張臭臭先生的畫像。

看他穿著蝴蝶領結、羊毛粗呢外套的樣子，會讓人覺得還挺會打扮的，

不是嗎？不過別被唬弄了，光看畫面是無法表現出眞實氣味的。如果這是一本「刮一刮，聞一聞」的感官體驗書的話，那麼刮出來的那股味道，會讓你想把這本書丟進垃圾箱，然後把箱子埋起來，埋得越深越好。

跟他在一起的是他的小黑狗——公爵夫人。牠就只是隻狗，也很臭，不過沒有臭臭先生臭。世界上，除了他的落腮鬍，再也沒有什麼能跟他一樣臭了。他的落腮鬍上沾滿了蛋屑、火腿屑、起司屑，那是幾年前從他的嘴裡掉出來的食物渣。他的落腮鬍從來沒有洗過，所以就自成一股特殊的薰臭，比他身上的味道更糟。

有天早晨，臭臭先生出現在鎭上，而且就定居在一張舊木頭長板凳。沒有人知道他從何而來，或是要往何處去。鎭民都對他不錯，有時候他們會在眼睛被臭味薰出淚水匆匆走人之前，丟些硬幣在他腳邊。不過就是沒有人對他眞正友善，沒有人停下來跟他聊天。

直到那天，有一個小女孩終於鼓起勇氣跟他說話——我們的故事就是從這裡開始。

「哈囉。」女孩的聲音有點緊張。她叫做蔻洛伊，只有十二歲，從來沒有跟流浪漢講過話。她的媽媽禁止她跟「此類生物」說話，甚至也不讓她跟住國宅的小孩講話。不過蔻洛伊覺得臭臭先生並不是什麼生物。她認爲他好像是個有很多有趣故事可講的人——如果有什麼是蔻洛伊的最愛的話，那就是故事。

她每天坐父母的車去一流的私立學校上學，途中都會經過臭臭先生跟他的狗。不管晴天或下雪，他總是坐在那條長板凳上，腳邊有他的狗狗。當蔻洛伊跟她那惡毒的妹妹安娜貝兒，舒服地坐在後座皮椅上的時候，她會往窗外納悶地望著他。

數百萬種想法和疑問湧上她心頭。他是誰？爲什麼會住在街頭？他曾有家嗎？他的狗狗吃什麼？他有朋友或家人嗎？如果有的話，他們知道他現在流落街頭嗎？

聖誕節他要去哪裡過？如果想寫信給他的話，信封上的地址要怎麼寫？「長板凳，你知道的，就是公車站過去轉角的那一個」這樣嗎？他上次洗澡是什麼時候了？他的名字該不會眞的叫做臭臭先生吧？

蔻洛伊是那種喜歡獨自待在想像世界的女孩。通常她會坐在床上，編著和臭臭先生有關的故事。在自己的房間裡，她可以想出各種稀奇古怪的故事。也許臭臭先生是個英勇老水手，因爲他的英雄事蹟得過無數勳章，不過到頭來卻發現自己無法適應陸地上的生活？又或許他是個世界知名的歌劇演唱家，在倫敦皇家歌劇院演出的某個夜晚，唱詠嘆調飆到最高音的時候，突然失聲而無法再唱了？抑或其實他的眞實身分是俄國特務，刻意喬裝成流浪漢在暗中監視鎭民？

蔻洛伊對臭臭先生的事情一點也不清楚。不過那天她第一次停下來跟他說話之後，有件事她確實知道，就是臭臭先生看起來好像比她自己，更需要她手裡握著的兩張百元鈔票。

他似乎很孤單，不僅僅只是獨自一人而已，而是連內在的靈魂也很寂寞。這點讓蔻洛伊很難過，因爲她完全了解孤單是什麼樣的感覺。蔻洛伊不喜歡她的學校，媽媽堅持把她送到一所貴族女子中學，她在那裡沒有朋友；

蔻洛伊也不喜歡待在家裡，不管她在哪裡，總是覺得沒有自己容身之處。

更糟的是，這時候正是蔻洛伊最不喜歡的節日——聖誕節。每個人似乎都應該喜歡聖誕節，尤其是小孩子，不過蔻洛伊例外。她討厭亮晶晶的裝飾品，討厭拉炮，討厭聖誕歌曲，討厭看女王演講，討厭碎肉派，討厭從來沒好好地下場大雪，討厭和家人坐在一起吃那麼久的晚餐，最討厭的是，她還得裝成高高興興的樣子，就因爲那天是十二月二十五號。

「小女孩，有什麼需要我爲你效勞的嗎？」臭臭先生說。他的聲音出乎意外的優雅。由於從來沒有人跟他說過話，他有

點懷疑地看著這個胖胖的小女孩。蔻洛伊有點被嚇到，或許她根本就不該跟一個老流浪漢說話。她爲這一刻已經準備了好幾個禮拜，甚至好幾個月了。結果完全不是她腦袋所想的那麼一回事。

更糟的是，蔻洛伊還得憋氣。那股味道向她襲來，就像是個活生生的東西一樣，爬進她的鼻孔，燒著她喉嚨底部。

「嗯，呃，抱歉打擾你了……」

「怎麼了嗎？」臭臭先生有點不耐煩。這反應完全出乎蔻洛伊意料之外，他幹嘛這麼急呢？他不是一直都坐在他的長板凳上嗎？怎麼好像突然要去什麼地方似的，一點也不像他。

這時候公爵夫人突然對蔻洛伊叫了起來，這讓她更加害怕。臭臭先生察覺到，所以拉住公爵夫人的狗鍊（其實那狗鍊不過就是一條舊繩子），示意牠安靜一點的。

「呃，」蔻洛伊緊張地說，「我阿姨給我二百塊錢讓我幫自己買一份聖誕禮物，不過我實在不需要什麼東西，所以我想我可以把這些錢給你。」

臭臭先生笑了一笑，蔻洛伊也笑了。這一瞬間他好像就要接受蔻洛伊的錢了，然而他又低頭看著人行道。

「謝謝你，」他說，「想不到你這麼仁慈，不過眞抱歉，我不能接受。」

蔻洛伊覺得很困惑，「爲什麼不能呢？」她問。

「你只不過是個小孩子。二百塊錢？這太、太多了。」

「我只是想……」

「你眞的很善良，不過我不能接受。小女孩，你幾歲？十歲嗎？」

「十二歲！」蔻洛伊大聲說。她看起來比實際年齡小，不過在很多方面她喜歡把自己當成大人。「我現在十二歲，到一月九號的時候就十三歲了。」

「對不起，你才十二歲，快要十三歲而已。去幫自己買些新的立體聲音樂CD吧，用不著來擔心像我這樣的老流浪漢。」他又笑了一笑，眼中閃現眞誠的光芒。

「如果沒有冒犯到你的話，」蔻洛伊說，「我可以問你一個問題嗎？」

「當然可以。」

「呃，我很想知道：你爲什麼住在長板凳上，而不是像我一樣，住在房子裡呢？」

臭臭先生躊躇了一下，看起來有點焦慮。「這說來話長，親愛的，」他說：「或許我改天再告訴你。」

蔻洛伊很失望，她不確定是不是還會有「改天」。別說是給臭臭先生一點錢，光是跟他說話這件事，如果讓媽媽知道的話，她一定會大大抓狂的。

「好吧！抱歉打擾你了，」蔻洛伊說，「祝你有美好的一天。」話才說出口她就頓了一下。多蠢的話！他怎麼可能會有美好的一天呢？他是一個又臭又老的流浪漢，而此刻天空又布滿烏雲。她往街上走了幾步路，覺得非常不好意思。

「孩子，你背上那是什麼東西？」臭臭先生對她喊。

「我背上有什麼？」蔻洛伊問，她試著回頭看，然後伸手到背後從校服

上撕下一張紙，仔細看上頭寫的字。

粗粗黑黑的線條在那張紙上寫著：

遜咖！

蔻洛伊的胃開始絞痛，丟臉死了，一定是羅莎曼在放學的時候用膠帶貼的。羅莎曼是學校那幫酷女孩的老大，總是欺負蔻洛伊，說她吃太多甜食、比學校其他女孩還窮、或說沒人想在曲棍球賽的時候跟她同一隊。

蔻洛伊今天離開學校的時候，羅莎曼在她背後拍了好幾次，跟她說「聖誕快樂」，當時所有在場的其他女孩都在

笑。現在蔻洛伊知道爲什麼了。

臭臭先生從他的長板凳上站了起來，拿走蔻洛伊手裡的那張紙。

「我眞不敢相信，整個下午不管我走到哪裡，背上這東西就跟著我。」蔻洛伊說。

她察覺淚水就要湧上來了，尷尬地別過臉，對著陽光眨眼睛。

「孩子，怎麼了？」臭臭先生親切地問。

蔻洛伊吸了一下鼻子，「沒錯，」她說：「就是這樣，不是嗎？我就是個遜咖。」

臭臭先生彎腰看著她。「不，」他

非常嚴肅地說，「你不是遜咖。眞正的遜咖，是把這東西貼在你身上的那個人。」

蔻洛伊也想相信臭臭先生說的話，但她就是辦不到。因爲從她懂事以來，就覺得自己什麼都不行，或許羅莎曼和她那群朋友是對的。

「這種東西只能去一個地方。」臭臭先生說完就把那張紙擰成一團，像個專業的籃球選手，熟練地把紙投進垃圾桶。蔻洛伊看得目不轉睛，她的想像力瞬間起飛：難道他曾經是英國籃球隊的隊長？

臭臭先生把雙手拍一拍說：「總算擺脫那垃圾了。」

「謝謝。」蔻洛伊喃喃地說。

「沒什麼，」臭臭先生說：「你不能被那些惡霸打倒。」

「我盡量，」蔻洛伊說。接著她說：「很高興遇見你，嗯……」大家都叫他臭臭先生，不過不曉得他自己知不知道，總覺得當面這樣叫他很沒禮貌。

「臭臭先生，」他說：「大家都叫我臭臭先生。」

「噢，很高興遇見你，臭臭先生。我叫蔻洛伊。」

「嗨！蔻洛伊。」臭臭先生說。

「你知道嗎？臭臭先生，」蔻洛伊說，「我還是要去買一下東西，你需要什麼嗎？譬如說，一塊香皂？」

「親愛的，謝謝你，」他回答，「可是香皂對我來說沒什麼用。你看，我去年才洗一次澡。不過我很想要一些香腸，肥滋滋的香腸我超愛……」

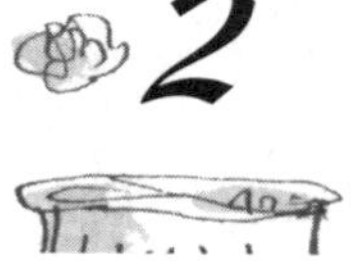

2 冰冷的沉默

「媽！」安娜貝兒喊著。

媽媽先把嘴裡的食物完全咀嚼完畢，吞嚥下去，最後才開口回應，「什麼事？我親愛的孩子。」

「蔻洛伊剛剛拿了她盤子裡的一條香腸藏在餐巾裡。」

這是一個星期六夜晚，柯蘭姆家就坐在餐桌前，他們沒看《舞林大道》也沒看《英國好聲音》，因爲他們在吃晚餐。媽媽嚴禁邊看電視邊吃東西，她認爲這是「非常基本的」。因此他們家必須在冰冷的沉默中盯著牆壁進食。不過有時候媽媽會挑個主題來討論，通常是：「如果由她治理這個國家的話她會怎麼做」。這絕對是她的最愛。爲了參選國會議員，媽媽甚至把美容院都關了。她深信自己總有一天會當上首相的。

媽媽替家裡的白色波斯貓取名爲伊莉莎白，正是用英國女王的名字取的。媽媽對上流社會的生活非常著迷。

樓下有一間鎖著的洗手間是專爲「貴賓」準備的，好像皇室成員會隨時突如其來地造訪一樣。餐櫃裡還有一組骨瓷茶具是「貴客」專用的，不過到目前爲止還沒用過。

媽媽甚至還在花園裡噴芳香劑。而且如果沒有精心打扮的話，她是絕對不會出門、甚至應門的。她會戴上她最愛的珍珠項鍊，噴上足以讓臭氧層又破個洞的髮雕量。她慣於趾高氣昂地瞧不起任何人事物，其實這樣是蠻危險的，下一頁有一張她的畫像。

天啊！她看起來很貴氣，不是嗎？

可以想像的是，我爸爸，或者老爹（媽媽不在的時候他喜歡我們這樣叫他），他喜歡寧靜的生活，通常不太愛說話，也有自己的主見，不過他老婆讓他感到自己十分渺小。老爹才四十歲，頭已經開始禿、背也開始駝了。他

在小鎮邊上的一家車廠工作，工作時間很長。

「蔻洛伊，你把一條香腸藏在餐巾裡嗎？」媽媽質問。

「你老是找我麻煩！」蔻洛伊生氣地說。

確實如此。安娜貝兒比蔻洛伊小兩歲，她是大人眼中完美的小孩，不過小孩子都不會喜歡這種傲慢自大的假仙。安娜貝兒喜歡找蔻洛伊麻煩。她會在她樓上那間粉紅色的房間裡，躺在床上打滾哭喊：「**蔻洛伊，放開我！你把我弄痛了！**」即使那時候蔻洛伊根本是在隔壁自己的房間裡安靜地寫東西。你大可說安娜貝兒很邪惡，她對她姊姊的確如此。

「喔，媽，對不起！剛剛香腸不小心掉到我腿上了。」蔻洛伊內疚地說。其實她本來是計劃要把香腸偷偷帶出去給臭臭先生的。這件事她已經想了一整晚，在這寒冷漆黑的十二月夜晚，她想像著臭臭先生在外頭顫抖，而他們卻在溫暖的家裡慢慢用餐。

「好，蔻洛伊，那麼把香腸從餐巾裡拿出來，放回盤子。」媽媽命令。

「拿香腸來當晚餐，已經讓我夠丟臉的了。我明明要你爸爸去超市買四塊野

生鱸魚排，他竟然買了包香腸回家。如果突然有人來，看到我們吃這種食物，那不難看死了。不知情的人還以爲我們是野蠻人！」

「對不起，親愛的老婆，」老爹提出解釋，「野生鱸魚排都賣光了。」他說話的時候還對蔻洛伊微微眨了下眼睛，這證實了蔻洛伊的懷疑，老爹是刻意不聽從媽媽的指令的。蔻洛伊也小心地對他笑了一下。她和老爹都很愛吃香腸，還愛很多媽媽不喜歡的食物，像漢堡、炸魚柳、氣泡飲料，尤其是霜淇淋（媽媽說那是「魔鬼的泡沫」）。「我從來不吃路邊攤的食物，」她會說，「我寧願死。」

「好，現在大家準備好開始動手收拾了，」大家吃完之後媽媽宣布：「安娜貝兒，我可愛的小天使，你清理桌子；蔻洛伊，你洗碗盤；還有老公，你負責擦乾碗盤。」

其實媽媽所說的「大家準備好」的眞正意思是，除了她以外。當家中所有成員都動起來的時候，媽媽則斜躺在沙發上，剝開一片薄薄的薄荷巧克力。她允許自己一天吃一片薄荷巧克力。她就那樣令人抓狂地小口小口慢慢吃，好像吃完一塊要花上一小時似的。

「我怎麼又有一塊高級薄荷巧克力長腿跑了！」她喊著。

安娜貝兒向蔻洛伊投以指控的眼神，再轉身回餐桌收拾更多餐盤，「我敢說一定是你，胖子！」她小聲的挑釁。

「不可以這樣，安娜貝兒。」老爹訓斥她。

蔻洛伊有些罪惡感，即使巧克力不是她拿的。她和老爹又回到水槽前的老位置。

「蔻洛伊，你爲什麼把香腸藏起來呢？」他問，「如果你不喜歡，說出來就好了。」

「老爹，我不是想把香腸藏起來。」

「那你要幹嘛？」

突然安娜貝兒又端著一疊髒盤子出現在眼前，他們兩個有志一同地閉上嘴巴，等她離開。

「呃……老爹，你知道那個流浪漢，就是每天坐在轉角同一張長板凳上

的那個……」

「臭臭先生？」

「對。呃，他的狗看起來很餓的樣子，我想帶幾條香腸給牠。」她說謊，不過不是什麼天大的謊言就是了。

「喔，我想給那條可憐的狗狗一點食物，也沒什麼大不了的。」老爹說，「不過就這麼一次，你了解吧？」

「可是……」

「就這一次，蔻洛伊。要不然臭臭先生會每天都等著你去餵她的狗。嗯，我另外藏了一包香腸在生奶油後面，明天早上我會在你媽媽起床前幫你煮好，你再帶去給他們……」

「你們兩個在密謀什麼嗎？」媽媽在客廳裡質問。

「噢，嗯，我們只是在討論女王的四個孩子裡，我們最喜歡哪一個。」老爹說，「我說安妮公主的馬術精湛，蔻洛伊則支持查爾斯王子和他的有機牧場餅乾。」

「很好，繼續！」隔壁傳來這樣的聲音。
老爹調皮地對蔻洛伊笑了笑。

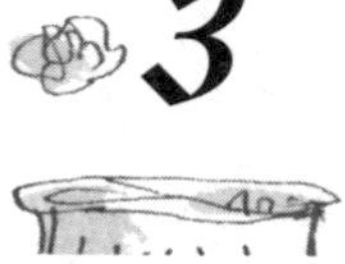

3 流浪者

臭臭先生吃香腸的時候眞是讓人意想不到的優雅。首先，他拿出一小條餐巾塞在他下巴底下，然後再從胸前口袋裡掏出一組古董銀製刀叉，最後他又拿出一個髒髒的金邊瓷盤，先給公爵夫人舔乾淨後再把香腸整整齊齊地擺上去。

蔻洛伊看著他的刀叉和餐盤，這似乎是一條通向他過去的線索。他會不會曾經是一個小偷先生，半夜潛進別墅偷走人家的銀器呢？

「你還有香腸嗎？」臭臭先生滿嘴都是香腸。

「沒有，我只有這八條。」蔻洛伊回答。

她離臭臭先生有段安全距離，這樣眼睛才沒被臭氣薰出淚水來。公爵夫人帶著心碎渴望的神情，仰望著臭臭先生吃香腸，好像所有的愛與美都在那些肉管子裡了。

「給你，公爵夫人。」臭臭先生一邊說一邊俯身把半條香腸放進狗嘴裡。公爵夫人餓到根本沒有嚼，千分之半秒內就吞下去，然後又迅速地回到那渴望的表情。有人或什麼動物能用這麼快的速度吃香腸嗎？蔻洛伊真希望這時候有個穿夾克休閒褲的人出現，他拿著寫字板和碼錶宣布：這隻小黑狗剛創下了吃香腸的最新世界紀錄！

「所以，小蔻洛伊，家裡一切都好嗎？」臭臭先生邊問還邊讓公爵夫人把他指頭上殘留的香腸汁液舔乾淨。

「對不起，什麼？」蔻洛伊回過神來。

「我問你家裡一切都好嗎？我想如果一切都好的話，你應該不會在禮拜天跑來跟我這樣的老流浪漢說話吧。」

「流浪漢？」

「我不喜歡『遊民』這個稱呼，會讓人覺得那是個很臭的人。」

蔻洛伊試著掩飾她的訝異之情。就連公爵夫人也很困惑的樣子，不過牠是一隻不會說話的狗。

「我喜歡『流浪漢』、或是『流浪者』這樣的稱呼。」臭臭先生繼續說。

他說話的方式讓蔻洛伊覺得極富詩意。尤其是「流浪者」這個字。她多希望自己也是個「流浪者」，這樣她就可以浪跡天涯，不用待在這無聊的小鎮了；在這裡，以前沒發生過的事，以後也不會發生。

「家裡沒事，一切都很好。」蔻洛伊堅定地說。

「你確定嗎？」臭臭先生詢問的樣子，像是洞悉一切的智者。問題銳利的如同刀子切過奶油一樣。

事實上，對蔻洛伊來說，家裡並非一切都好。她經常被忽略。她媽媽把重心全放在安娜貝兒身上——也許是因爲這個小女兒簡直就是她的翻版。家裡每面牆的每個角落都被安娜貝兒數不盡的優秀表現給覆蓋住：獎台上沾沾自喜的照片、印著斜體燙金名字的獎狀，還有一些獎杯、雕像和獎牌，上面

刻著「優勝者」、「第一名」、或者是「討厭鬼」。（最後一個是我亂編的。）

安娜貝兒表現得越傑出，蔻洛伊就越覺得自己很失敗。她的父母把他們大部分的人生都花在安娜貝兒課外活動的接送上。光看安娜貝兒的時間表就夠累人了。

星期三	星期四	星期五
	（馬術）超越障礙	羽毛球
合唱團練習	舞蹈課：閃舞和嘻哈舞	射箭
訓練：跳遠、跳高	雙簧管課	飛到瑞士練習跳台滑雪，在去的航班上跟雞蛋專家學習蛋的知識（待確認）
	環法自行車賽練習	
	查經班	
長號課	體操訓練	搭返國班機，在班機上學陶藝。
潛水課	書法課	泰拳（上課前記得把滑雪板脫掉）
上學		
廚藝訓練	工作體驗－訪問腦部外科醫師	泳渡海峽訓練
爬山	歌劇課	機車維修工作坊
網球	美國太空總署太空探索工作坊	製作蠟燭
戲劇工作坊：莎士比亞與其同年代的劇作家	蛋糕烘焙課：第五級	養水獺課
（馬術）超越障礙	聽演講『維多莉亞風格八字鬍的歷史』	看電視—可選擇有關製作地毯的比利時紀錄片，或是有關憂鬱貓頭鷹的二零年代波蘭卡通

	星期一	星期二
Am 2：00		
Am 3：00		
Am 4：00		小提琴練習
Am 5：00	游泳課	踩高蹺練習
Am 6:00	豎笛課	西洋棋社
Am 7：00	舞蹈課：踢踏舞和爵士	學日語
Am 8：00	舞蹈課：芭蕾	插花課
Am 9：00 ~ Pm 3：00	上	學
Pm 4：00	戲劇課，即興表演及律動	創意寫作坊
Pm 5：00	鋼琴課	彩繪陶蛙課
Pm 6：00	女童軍	豎琴練習
Pm 7：00	基督女少年軍	水彩課
Pm 8：00	標槍練習	舞蹈課：交際舞

這只是平日的時間表而已，週末才是安娜貝兒最忙碌的時候，難怪蔻洛伊會覺得自己被忽略。

「呃，我想家裡是有點……有點……」蔻洛伊支支吾吾的，她實在想把所有的事都全盤托出，不過不知道從何說起。

噹！噹！噹！噹！

讀者們，別誤會，我可沒瘋。那代表教堂鐘聲敲四下的意思。

蔻洛伊倒抽一口氣看看錶，四點了！

媽媽要她每天四點到六點都要做功課，即使是放假、沒事做的時候也一樣。

「對不起，臭臭先生，我得走了。」蔻洛伊暗自鬆了口氣。從來沒人問過她的感受，她開始

慌了起來……

「孩子，眞的嗎？」老人看起來有些失望。

「嗯，對，我要回家。如果我下次數學沒考到70以上的話，媽媽一定會很生氣。她要我放假時多做些額外的測驗題。」

「這樣對我來說一點也不像假日。」臭臭先生說。

蔻洛伊聳聳肩，「我媽才不相信有什麼假日。」她站了起來，「希望你喜歡這些香腸。」她說。

「美味極了，」臭臭先生說：「謝謝你，你眞是太仁慈了！」

蔻洛伊點點頭，轉身就往回家的方向跑。如果她走捷徑的話，就可以比媽媽早到家。

「再見！」臭臭先生在她背後輕輕喊著。

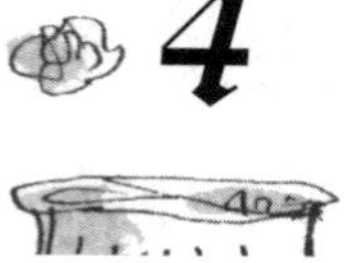

4 亂七八糟的東西

深怕無法準時趕上寫功課的時間，蔻洛伊開始加快腳步。她不想讓媽媽問她去那兒了，或是跟誰講話了……之類的問題。如果讓柯蘭姆太太發現她女兒跟一個「不洗澡的人」坐在一張長板凳上，她一定會驚恐萬分。大人總是有辦法把事情想得很糟。

不過，當蔻洛伊經過拉吉的店時，她停了下來。心想：**只要一條巧克力霸就好了**。

蔻洛伊對巧克力的喜愛讓她成爲拉吉的常客。拉吉經營一家書報攤。他簡直就是一個大塊頭的快樂果凍人，跟他店裡那些有點貴的糖果一樣，又甜又色彩繽紛。不過，今天蔻洛伊須要拉吉給她一些建議。

當然，也需要一些巧克力，只要一條巧克力霸就好了，也許兩條。

「啊，蔻洛伊小姐！」她一進到店裡拉吉就對她說：「我今天要用什麼來誘惑你呢？」

「嗨，拉吉。」蔻洛伊微笑以對，她看到拉吉總是會笑。有一部分原因是他就是這麼可愛，也有一部分是因爲他賣糖果。

「我有一些軟焦糖夾心巧克力在特價喔！」拉吉宣布，「那些糖果已經過期變硬了。咬下去可能會讓你掉牙齒，不過都便宜十塊錢了，也實在沒什麼好抱怨的！」

「嗯，我想想看。」蔻洛伊快速搜尋一排排架上的糖果。

「我剛吃掉半條獅子巧克力霸，你可以開價跟我買另一半。十五塊錢就好。」

「我想我只要一條太妃糖夾心巧克力霸就好了，謝謝你，拉吉。」

「買七條太妃糖夾心巧克力霸就送你一條，完全免費！」

「拉吉，不用了，謝謝。我只要一條。」她把錢放在櫃台上，三十五塊

錢。一想到甜甜的巧克力滑向喉嚨，進到肚子裡的那種美好感受，就覺得這錢花得好值得。

「蔻洛伊，你還不懂嗎？這是一個難得的機會，讓你以最划算的價錢，盡情享用這款包覆著蜂窩狀太妃糖內餡的巧克力霸！」

「我不需要八條巧克力霸，拉吉，」蔻洛伊說，「我倒是很需要一些建議。」

「我不覺得我可以給你什麼可靠的意見，」拉吉誠懇地回答，「不過我可以試試看。」

蔻洛伊喜歡跟拉吉講話。他既不是父母，也不是老師，不管跟他說什麼，他都不會批評你。不過，蔻洛伊還是稍稍地吞了一下口水，因爲她要撒個小謊。「呃，我在學校有個認識的女孩……」她開始說。

「嗯？在學校有個認識的女孩，不是你本人嗎？」

「不是，是別人。」

「是喔。」拉吉說。

蔻洛伊又吞了一下口水，低下頭去，無法面對他的目光。「呃，這個人是我的朋友，她跟一個流浪漢講話，而且她很喜歡跟他講話，不過如果讓她媽媽知道的話，媽媽一定會大發雷霆的。我的意思是，我的朋友不知道該怎麼辦。」

拉吉看著蔻洛伊，期待她繼續說下去，「嗯？」他說：「那你的問題到底是什麼？」

「呃，拉吉，」蔻洛伊說，「你覺得跟流浪漢講話是錯的嗎？」

「嗯，跟陌生人講話是不好啦，」拉吉說，「也千萬不可以隨便搭別人的車喔！」

「你說的沒錯。」蔻洛伊有些失望。

「可是流浪漢只不過是無家可歸的人，」拉吉繼續說，「太多人從他們旁邊走過去，都假裝他們不存在。」

「對！」蔻洛伊說，「我也是這樣想。」

拉吉笑一笑。「任何人有一天都有可能會變得無家可歸。我看不出來跟流浪漢講話有什麼不對，那就像你跟其他任何人講話一樣。」

「謝謝你，拉吉！我會……我的意思是，我會告訴她。我的意思是，學校的那個女孩。」

「那女孩叫什麼名字？」

「嗯……史戴芬！我的意思是蘇珊……喔，不，是莎拉。她的名字叫莎拉，絕對是莎拉。」

「是你，對不對？」拉吉笑著說。

「對。」一秒後蔻洛伊承認。

「你是一個很親切和善的女孩，蔻洛伊。你肯花時間跟一個流浪漢說話，是一件很好的事。如果不是上帝的眷顧，說不定現在無家可歸的是你跟我。」

「謝謝你，拉吉。」蔻洛伊的臉有點紅，被拉吉讚美得有些不好意思。

「那麼聖誕節你要幫你那無家可歸的朋友買什麼呢？」拉吉說著，眼光同時四下搜尋他那雜亂的店。「這裡有一整盒忍者龜文具組，我看是賣不掉了。你要的話，只賣你一百六十九塊錢。而且，買一組，免費送十組。」

「我覺得流浪漢可能不需要什麼忍者龜文具組，不過還是謝謝你了，拉吉。」

「我們都有用到忍者龜文具組的時候啊，蔻洛伊。你有你的忍者龜鉛筆，你的忍者龜橡皮擦，忍者龜尺，忍者龜鉛筆盒，忍者龜……」

「我懂，謝謝你，拉吉。不過對不起，我還是不想買，我該走了。」蔻洛伊說完就慢慢走出去，邊走邊打開她的太妃糖夾心巧克力霸。

「我話還沒說完，蔻洛伊。拜託，我連一組都沒賣出去過！你還有你的忍者龜削鉛筆機，你的忍者龜筆記本，你的忍者龜……哦，她走了。」

「這是什麼？」媽媽質問。她就站在蔻洛伊的房間裡等，大拇指和食指之間捏著蔻洛伊學校的一本筆記本，那個樣子就像拿著法庭裡訴訟案件的證物一樣。

「媽，那只是我的數學作業簿而已啊。」蔻洛伊嚥了嚥口水，緩緩地走

進房間。

你可能會以爲蔻洛伊在擔心她的數學作業沒達到標準。事實並非如此。問題出在，蔻洛伊的數學作業簿裡並沒有任何數學！那本書裡本來應該要有許多無聊的數字和方程式，但現在竟然完全被色彩繽紛的文字和圖畫給占滿了。

有許多獨處時間的蔻洛伊，把想像力轉化爲幽暗森林。那是一個可以讓她逃避的神奇所在，比現實生活刺激多了。蔻洛伊用這本作業簿寫故事，那是關於一個女孩被送去一所學校（有點以她自己爲藍本），那裡的老師其實都是吸血鬼。她認爲這比無聊的數學方程式刺激多了，不過媽媽顯然並不認同。

「如果這是你的數學作業簿，爲什麼裡面會有這種噁心的恐怖故事？」媽媽說，而這樣的問題並不是眞的要你回答。「難怪數學考得那麼差，我看你把上課時間都花在寫這個……這個亂七八糟的東西了。我對你眞是失望透了。」

蔻洛伊的臉感到一陣刺痛，羞愧得低下頭。她並不覺得她寫的故事是亂七八糟的東西，但是又不能跟她媽媽那樣說。

「你不想爲你的行爲好好解釋嗎？」媽媽大叫。

蔻洛伊搖搖頭，這是她今天第二次想要消失得無影無蹤。

「好，這就是你的故事的下場！」媽媽說著，開始作勢要撕掉她的作業簿。

「求……求……求你……不要……」蔻洛伊結結巴巴地說。

「不行！我付錢讓你去學校，不是要你浪費時間在這種垃圾東西上！這要丟到垃圾桶！」

顯然這本書並非媽媽想像的那麼好撕，她花了好大的工夫才撕出一個開口。不過，沒多久這本書就變成一堆碎紙了。

就在媽媽把所有的碎紙都丟進垃圾桶的同時，蔻洛伊低著頭，淚水不停地湧上她的眼睛。

「你想要跟你爸爸一樣嗎？在一家汽車工廠工作？如果你能在數學上好好努力，不要分心寫那些愚蠢的故事，你就有機會爲你自己創造更好的未來！要不然，你就會像你爸爸一樣浪費人生。這難道是你想要的？」

「呃，我……」

「你竟然敢打岔！」媽媽大吼。蔻洛伊沒有想到那個問題也是不用回答的。「小姐，你最好把螺絲給我上緊一點！」

蔻洛伊不太懂這是什麼意思，不過現在似乎並不是發問的好時機。媽媽離開房間，使勁地把門甩上。蔻洛伊慢慢地在床沿坐下，把臉埋進雙手裡。她想起坐在長板凳上的臭臭先生，只有公爵夫人與他作伴。雖然她不像臭臭先生無家可歸，但她覺得自己是個沒有家的人。

5

棄守星巴克

星期一早晨，正是聖誕假期正式開始的第一天。蔻洛伊一直害怕這一天的來臨。她沒有任何朋友可以發簡訊、電子郵件、短訊、臉書、推特或其他什麼的，不過有一個人她想去探望……

蔻洛伊到長板凳的時候下起了大雨，她眞希望剛剛有記得帶傘。

「公爵夫人跟我都沒有想到會再見到你，蔻洛伊。」臭臭先生說。即使下著雨，還是看得出臭臭先生眼中閃著驚訝的光芒。

「很抱歉，上次我就那樣跑掉了。」蔻洛伊說。

「別擔心，我原諒你。」他咯咯地笑。

蔻洛伊在臭臭先生旁邊坐下來。她摸了公爵夫人一下，發現自己的手掌變黑了，就偷偷在褲管抹了一下。當雨滴順著她脖子後面往下滑的時候，她打了個哆嗦。

「噢，糟糕，你會冷！」臭臭先生說：「我們要不要找家咖啡店躲雨？」

「嗯……好，好主意。」話雖這麼說，但蔻洛伊不太確定把這麼臭的一個人帶到密閉空間去到底是不是個好主意。當他們走到市中心的時候，感覺雨好冰，幾乎要變成冰雹了。

他們抵達咖啡店的時候，蔻洛伊透過起霧的玻璃窗望進去，「我看是沒位子坐了。」的確很不巧，咖啡店客滿了，聖誕節逛街的人潮全都來躲避這糟糕的英國天氣了。

「我們還是可以試試。」臭臭先生說完就把公爵夫人抱起來，試著把牠藏在他的羊毛粗呢外套底下。

流浪漢幫蔻洛伊開門，她把自己擠進店裡。當臭臭先生也進去的時候，現煮咖啡的迷人香氣一下子被滅絕了，取而代之的，是他那獨特的氣味。頃刻間四下一陣沉默，接著是一片恐慌。

人潮開始湧向門口，紛紛抓了餐巾遮住口鼻當成防毒面罩。

「棄守星巴克！」有個店員大喊，於是他的同事們立刻放下手邊調製咖啡或是打包鬆餅的動作，逃命去了。

「人好像少了一些些了。」臭臭先生說。

沒多久店裡只剩下他們。蔻洛伊想，**或許這麼臭也有這麼臭的好處**。如果臭臭先生的超級臭味可以讓咖啡店淨空的話，還有什麼其他的用途呢？或許也可以清空溜冰場，讓她一個人溜個夠？或者他們也可以一起去遊樂園，那麼玩遊樂設施根本不用排隊？更讚的是，如果有一天她

能把臭臭先生跟他的臭味帶去學校，而且那時候他又特別臭的話，校長就會要每個人都回家，停課一天！

「孩子，你坐這裡，」臭臭先生說，「來，你想喝什麼？」

「嗯……一杯卡布奇諾，謝謝。」蔻洛伊試著表現得像大人一樣。

「我也跟你一樣好了。」臭臭先生拖著腳步走到櫃台後面，打開咖啡罐。「好的。兩杯卡布奇諾很快就來啦！」

就在機器斷斷作響，吐了一陣子之後，臭臭先生拿著兩杯不知名的黑色液體緩緩移步到桌子這邊來。就近一看，好像是某種黑色黏液，不過蔻洛伊的教養很好並沒有抱怨，還假裝啜飲了一口臭臭先生爲她特調的……不知道是什麼的液體。甚至還勉強裝出眞的很好喝的樣子，「嗯……眞好！」

臭臭先生從胸前口袋裡抽出一支雅緻的小銀匙，攪拌他那杯濃稠的液體。蔻洛伊偷瞄了一眼，發現有三個小小的字母精巧地刻在匙柄上。她想再看清楚一點，不過在看出是什麼字以前，就被臭臭先生收起來了。那三個字母代表什麼？還是這把小銀匙只是臭臭先生在小偷生涯時期偷來的一樣東西呢？

「所以，蔻洛伊小姐，」臭臭先生打斷她一連串的想像，「現在不正是聖誕假期嗎？」他優雅地拿著馬克杯，啜飲了一口咖啡。「你爲什麼沒跟家人在家裡裝飾聖誕樹或者是包裝禮物呢？」

「呃，我不知道該怎麼解釋……」蔻洛伊家裡沒有一個人善於表達情感。對她媽媽來說，情感充其量只會讓人難爲情，更糟的是，她覺得那是一種懦弱的表現。

「小姐，沒關係，慢慢來。」

蔻洛伊深吸一口氣，然後把所有事一股腦兒傾瀉出來。剛開始只是一條小河流，很快就變成奔騰的情緒江河。她告訴臭臭先生她的父母老是在吵架，有一次她坐在階梯上聽見媽媽大吼，「我還跟你在一起，全是爲了孩子！」

她的妹妹總是讓她過著悲慘的生活，無論她怎麼做都做不好。如果她帶一個陶藝課做的小碗回家，媽媽會把它放在餐櫃的後面，從此再也看不到它的存在。然而，如果是妹妹帶回來的任何美術作品，不管做得多爛，都會被擺在防彈玻璃後的最佳位置，彷彿是名畫——蒙娜麗莎般地被供著。

蔻洛伊還告訴臭臭先生，她媽媽怎麼不斷強迫她減肥。一直到現在，媽媽還會用「嬰兒肥」來形容她，不過等到十三歲以後，媽媽可能會殘忍地說她有一身「贅肉」或甚至更糟的「脂肪」，好像她是某種鯨魚似的。或許媽媽是想用激將法讓她減肥。不過事實上，這只會讓蔻洛伊覺得更悲慘，陷入這樣悲慘的境地只會讓她吃得更多。她用巧克力、洋芋片和蛋糕把自己填滿，彷彿唯有這樣才能彌補她從來沒有獲得任何擁抱的遺憾。

她告訴臭臭先生她多希望老爹偶爾可以勇敢地對抗媽媽。還有她覺得交朋友實在不容易，

因爲她很害羞。她唯一喜歡做的是編故事，不過這件事讓她媽媽很生氣。還有羅莎曼每天在學校怎麼欺負她，讓她的學校生活完全就是一場悲劇。

就在蔻洛伊說著這一長串不愉快故事的同時，咖啡廳裡不相襯地播放著快樂的聖誕歌曲，而臭臭先生對她所說的每一件事都非常專注地傾聽。以一個每天只有一條黑狗陪伴的人來說，臭臭先生擁有驚人的智慧。事實上，他似乎非常享受於傾聽、談話，與提供協助。人們不會眞的停下來跟臭臭先生講話，他很高興能有這樣交談的機會。

他告訴蔻洛伊一些意見，「把你的想法告訴你媽媽，我確定她愛你，她不希望你不快樂。」還有，「……試著找件有趣的事和你妹妹一起做。」還有，「……爲什麼不和你的老爹談談你的想法？」

最後，蔻洛伊把媽媽將她的吸血鬼故事撕成碎片的事告訴臭臭先生，她努力忍著不哭出來。

「這太可怕了，孩子，」臭臭先生說，「你一定難過死了。」

「我恨她，」蔻洛伊說，「我恨我媽媽。」

「你不該這麼說的。」臭臭先生說。

「但我說了。」

「你會對她生氣，這是當然的。不過她愛你，即使這對她來說是一件很難表達的事。」

「或許吧。」蔻洛伊聳聳肩，不太確定。不過把所有的事都說出來，她覺得平靜多了。「謝謝你聽我說話。」她說。

「我只是不想看到你這樣的小女孩這麼悲傷。」臭臭先生說，「我或許老了，但是我還記得年輕該是什麼樣子，希望我幫上了點忙。」

「你幫了大忙。」

臭臭先生笑了笑，把剩下的火山熔岩般黏稠物滑進他喉嚨。「太好喝了！現在，我們最好去結帳了。」他翻遍了所有口袋找零錢，「噢，真討厭，沒戴眼鏡我看不到看板上寫的價錢，我留三十塊錢在這裡，應該就夠了。然後這五塊錢是小費，這樣他們應該會很高興了，可以幫自己買個糖果之類的。哦！對了，小姐，我想你該回家囉！」

離開咖啡店的時候雨已經停了，他們慢慢沿著街走，馬路上的車子隆隆地駛過。

「我們交換位置吧。」臭臭先生說。

「爲什麼？」

「因爲女士應該走在人行道的內側，而男士要走在外側。」

「眞的嗎？」蔻洛伊說，「爲什麼？」

「呃，」臭臭先生回答，「因爲外側有車子比較危險。不過，我想本來是因爲古早的時候，人們會把夜壺裡的東西直接從窗戶往外倒到水溝。走在外側的人比較容易被噴到！」

「什麼是夜壺？」蔻洛伊說。

「呃，我實在不想說得這麼露骨，不過那就是一種尿桶。」

「嘔！好噁心。你小的時候，人們都這樣嗎？」

臭臭先生咯咯地笑，「不，那是比我的年代更久遠以前的事，孩子。實際上是十六世紀的事情了！來吧。蔻洛伊小姐，就禮貌上來說，我們要交換位置。」

他那舊時代的迷人騎士精神，把蔻洛伊逗伊笑了，然後他們交換位置。他們並肩慢慢走，經過繁華大街上的一間間商店，一家比另一家更熱鬧地宣告聖誕節的來臨。走了一陣子，蔻洛伊看到羅莎曼提著一大堆購物袋迎面走來。

「我們可以過馬路嗎？拜託，快點！」蔻洛伊焦慮地低聲說。

「爲什麼，孩子？怎麼一回事？」

「那就是我剛跟你講的，我們學校的那個女孩，羅莎曼。」

「就是她把那張紙貼在你背後？」

「沒錯，就是她。」

「你要勇敢面對她，」臭臭先生說，「她才是要閃到馬路另一邊的人！」

「不……拜託什麼都不要說。」蔻洛伊請求。

「這誰啊？你的新男朋友嗎？」羅莎曼笑著問。她的笑不是眞笑，眞笑是發現趣事的可愛笑聲。那是冷酷的笑，一種醜陋的聲音。

蔻洛伊什麼也沒說，只是低著頭。

「我爸爸給我兩萬塊錢，讓我聖誕節的時候，想買什麼就買什麼，」羅莎曼說，「我在百貨公司就買了一大堆衣服。可惜你太胖了，那裡的衣服你都穿不下。」

蔻洛伊只是嘆了一口氣，她已經習慣被羅莎曼這樣冷嘲熱諷了。

「蔻洛伊，爲什麼讓她這樣說你呢？」臭臭先生說。

「老爺爺，這跟你有什麼關係啊？」羅莎曼繼續嘲弄地說，「跟一個又老又臭的流浪漢一起遊蕩？蔻洛伊啊，你真悲哀！你是多久才發現背後的那張紙？」

「她沒發現，」臭臭先生刻意慢慢地說，「是我發現的，而且我覺得一點都不好笑。」

「是嗎？」羅莎曼說，「所有女孩都覺得好好笑！」

「哦，那她們就跟你一樣惡劣。」臭臭先生說。

「什麼？」羅莎曼說，她不習慣有人這樣跟她說話。

「我說『那她們就跟你一樣惡劣』，」他重覆一遍，這次更大聲，「你是一個討人厭的小惡霸。」蔻洛伊焦慮地在一旁觀看，她討厭對立。

接下來更糟，羅莎曼向前走了幾步，跟臭臭先生大眼瞪小眼。「有種就當著我的面再說一次，你這個老臭蟲！」

臭臭先生沉默了一下子，然後張開嘴，打了一個又大又臭又響的嗝。

「嗝嗝嗝

嗝**嗝嗝嗝嗝嗝嗝嗝嗝嗝嗝嗝嗝嗝嗝嗝嗝嗝嗝嗝嗝嗝嗝嗝嗝**

嗝嗝嗝！！！！！！！！！！！！！！！！」

羅莎曼的臉整個變綠了，好像被一個腐臭的龍捲風吞沒。那是一股由咖啡、香腸和垃圾桶裡腐敗蔬菜所組合成的臭味。羅莎曼轉身拔腿就跑，沿著大街一路狂奔，慌張地連百貨公司的袋子都扔在路上。

「好好笑喔！」蔻洛伊大笑。

「我不是故意打嗝的，這是不禮貌的行爲，只是剛剛喝的咖啡讓我反胃。天啊！下次希望我能看到你自己挺身而出，蔻洛伊小姐。如果你讓惡霸得寸進尺，只會讓你覺得自己很糟。」

「好……我會試試看，」蔻洛伊說，「那就……明天見？」

「如果你眞的想的話。」他回答。

「我很樂意。」

「那我也很樂意！」這時金色晚霞灑向天際，臭臭先生的眼中也閃爍著金色的光芒。

就在這個時候，一輛四輪傳動越野車轟隆隆地開過去。巨大的輪子往公車站旁的大水窪壓過去，激起一陣浪花，把臭臭先生從髒頭到髒腳全都弄濕了。

水從他的眼鏡滴下來，他向蔻洛伊鞠躬，「看吧，」他說，「這就是男士要走在外側的原因。」

「還好那不是夜壺！」蔻洛伊咯咯地笑著。

6 不愛洗澡的人

隔天早晨蔻洛伊拉開窗簾，發現她的窗戶上貼了幾個超大的字。她馬上穿著睡衣跑出去看到底怎麼回事。

「把票投給柯蘭姆！」這幾個大字橫跨她家的窗戶。這時貓咪伊莉莎白啪噠啪噠地小跑步經過，她的寶石項圈上多了一個玫瑰花結，上頭印著「柯蘭姆參選議員」。

接著安娜貝兒蹦蹦跳跳地從屋子裡出來，一臉沾沾自喜的樣子，看了就非常討人厭。

「你要去哪裡？」蔻洛伊問。

「身爲媽媽的寶貝女兒，媽媽交待我一項重大任務，要我把傳單發給街

上每一戶人家。她要參選議員，還記得吧？」

「給我看看。」蔻洛伊伸手拿了一張。這對水火不容的姊妹間已經很久不講「請」跟「謝謝」了。

安娜貝兒把傳單搶回來，「我才不要把任何一張傳單浪費在你身上！」她怒吼。

「給我看！」蔻洛伊把傳單從安娜貝兒手裡抽走。當姐姐還是有好處的，有時候可以使用蠻力。安娜貝兒只好氣呼呼地拿著剩下的傳單離開，蔻洛伊則穿著沾滿露水的拖鞋，走回屋裡研究這張傳單。媽媽老是說如果讓她治理國家的話，她要怎麼做怎麼做之類的。不過蔻洛伊覺得這話題太無聊了，每次只要一提到這類的話題，她的思緒就飄到九霄雲外。

傳單的正面放了一張媽媽的照片，她的表情超級嚴肅，脖子上戴著她最好的珍珠項鍊，頭上噴著厚厚的髮膠，好像一點火就會燒起來似的。傳單裡還列了一長串她的政見。

柯蘭姆議員參選政見

1）三十歲以下的孩子要實施門禁，晚上八點後不准出門，九點以前就關燈睡覺。

2）警察有權逮捕在公共場所大聲講話的人。

3）亂丟垃圾的人要被驅逐出境。

4）穿著內搭褲出現在公共場所是違法的，因爲那「太普通」，也太丟臉了。

5）小鎮廣場每整點要播放一次國歌，播的時候每個人都要肅立起敬。即使坐輪椅也不能拿來當成藉口，不向女王致敬。

6）所有的狗都必須隨時拴著狗鍊，即使在室內也一樣。

7）每個到游泳池的人都必須要穿防疣襪，不管他的腳有沒有長疣。這樣可以把感染的風險降低到零以下。

8）聖誕啞劇停演，因爲裡頭充斥著不雅笑話（像是拿屁股來開玩笑之類的。屁股有什麼好笑的，我們大家都有屁股，而且都知道屁股裡會跑出什麼，發出什麼聲音。）

9）禮拜天早晨上一定要教堂。而且去的時候，聖歌要好好唱，不能只是隨風琴演奏，嘴巴一開一合做做樣子而已。

10）手機的鈴聲只能用古典音樂，像莫札特、貝多芬、或其他大師的作品，不能用暢銷排行榜裡的最新流行歌曲。

11）失業的人不能再申請社會福利。那些領救濟金的人渣整天遊手好閒，要怪也只能怪自己。爲什麼我們得付錢給那些整天坐在家裡看電視或去參加新聞龍捲風的人？

12）要爲愛德華王子和他的嬌妻，在公園豎立巨大銅像。

13）除了水手之外，一律禁止刺青。已經有刺青的可以到警察局去除，不會留下紀錄，也不會被起訴。

14）漢堡速食店要提供盤子、刀叉和餐桌服務。而且必須停止販售漢堡、薯條、雞塊、和內餡太燙的蘋果派。

15）鎮上的圖書館只能收藏彼得兔作者的作品，不過《青蛙吉先生的故事》除外。因爲在這系列故事中，青蛙吉先生被鱒魚吞掉的那段情節，即使對大人來說，也太暴力了。

16）在公園裡踢足球很討人厭，現在起只能踢想像的球。

17）租片店只能提供好片子，像是有關往日時光上流社會人士的影片，那時候的人，光是牽個小手都會害羞的。

18）爲了打擊日益嚴重的「連帽衫」青少年犯罪的問題，所有的連帽衫都要把帽子剪掉。

19）電子遊戲會損傷腦部，任何電子遊戲（不管是電腦遊戲、電視遊戲、或其他管他叫什麼蠢玩意的）都只能在每天下午四點到四點零一分的時候玩。

20）最後，所有流浪漢、或是「不喜歡洗澡的人」，都不准出現在街頭，得自己去找房子住。我們不用同情他們，因爲他們是社會的麻煩，而且最重要的是，他們很臭。

讀到最後幾個句子，蔻洛伊突然癱坐在沙發上，同時伴隨一種刺耳的摩擦聲。那是因爲媽媽堅持不能拆掉新沙發上鋪的那層塑膠護套，她說這樣才能永保如新。沙發的確到現在還保持得乾淨無暇，不過那意味著你的屁股會悶熱、會發汗。

我的新朋友臭臭先生怎麼辦？蔻洛伊想。**他會發生什麼事？公爵夫人呢？如果他不能繼續待在街頭，那他該何去何從？**

然後，又過了一陣子，**噢，我的屁股實在熱得受不了，一直冒汗。**

她只好心情沉重地走回樓上的房間，坐在床上，凝視著窗外。蔻洛伊是個害羞又彆扭的女孩，不容易交到朋友。現在她的新朋友臭臭先生就要被趕出這個小鎮，也許再也回不來了。她透過玻璃窗凝視著無邊無際的藍天，就這樣望著望著，就在眼睛快要失焦的時候，她往下看。答案就出現在花園的另一端，與她遙遙相望。

那間小倉庫。

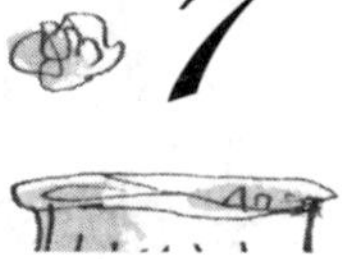

7 角落的水桶

這次的行動是極機密的。蔻洛伊一直等到天黑，才悄悄地把臭臭先生和公爵夫人帶到她家那條街，然後從側門潛進她家花園。

「這只是間小倉庫。」當他們進到臭臭先生的新住所時，蔻洛伊有些過意不去地說：「抱歉，這裡沒有衛浴設備，不過割草機後面的牆角有個水桶，晚上如果有需要的話，可以到那裡解決……」

「呃，你實在太仁慈了，小蔻洛伊小姐，謝謝你。」臭臭先生開懷地笑，就連公爵夫人也似乎想吠聲「謝謝你」。「嗯，」臭臭先生繼續說，「你確定，你的爸爸媽媽不介意我在待在這裡？我可不想當個不速之客。」

蔻洛伊嚥了嚥口水，撒謊讓她有些緊張，「不會……不會啦……他們

一點也不介意。他們兩個都很忙，而且他們也感到很抱歉，不能親自來見你。」

蔻洛伊選對了安頓臭臭先生的時機。她知道媽媽此刻正忙著競選活動，老爹去接安娜貝兒，她的相撲課就要下課了。

「喔，我也很想跟他們兩人見個面，」臭臭先生說：「我想看看是什麼樣的人可以教出這麼慷慨又體貼的下一代。這裡可比我的長板凳溫暖多了。」

蔻洛伊被他讚美得害羞地笑了一下。「抱歉這裡堆了這麼多舊紙箱。」她說著就開始動手把箱子搬開，想挪出一個空間讓臭臭先生可以躺下來。臭臭先生也助她一臂之力，把疊放在上頭的一些箱子搬起來。就在蔻洛伊搬到最底層的時候，她停了下來。有把焦黑的電吉他從紙箱頂部突出來。她疑惑地看了一下，然後翻翻那箱子，找到一堆舊CD。那是一疊又一疊相同的音樂專輯，專輯名稱叫做《不顧一切》，樂團名稱叫《末日之蛇》。

「你聽過這個樂團嗎？」她問。

「一九五八年以後的音樂我恐怕就不太清楚了。」

蔻洛伊仔細研究了一下封面照片，背景是一條圖畫巨蛇，前面站著四個長頭髮、穿皮夾克的那種人。蔻洛伊盯著那個吉他手看了好一陣子，這個人實在太像老爹了，只不過他頂著一頭捲捲的黑髮。

「我真不敢相信！」蔻洛伊說：「這是老爹。」

她壓根不知道老爹燙過頭髮，更不用說他還搞過樂團！她不知道哪件事較具震撼力——是老爹從前有這麼多頭髮，還是他曾經是個吉他手。

「真的嗎？」臭臭先生說。

「我想應該是，」蔻洛伊說：「這看起來就是他。」她還拿著專輯封面仔細看，一種又驕傲又尷尬的複雜情緒油然而生。

「呃，我們都會有祕密的，蔻洛伊小姐。現在請問一下，如果我需要一壺茶或者是白麵包夾香腸三明治配特調醬的時候，該怎麼辦呢？有鈴可以按嗎？」

蔻洛伊看著他，有點驚訝。她沒想到自己不但要幫他找地方住，還要給他東西吃。

「沒有，沒有鈴。」她說，「嗯，你看到那邊的窗戶沒有？那是我房間的窗戶。」

「啊，怎麼樣呢？」

「如果你有什麼需要的話，就按這輛老自行車的車燈，對著我的窗戶閃，然後我就會來……嗯……幫你點餐。」

「太好了！」臭臭先生大叫。

在密閉空間和臭臭先生相處，讓蔻洛伊漸漸感到呼吸困難。今天的臭味特別重，即使以臭臭先生的標準來衡量，還是臭了點。「你要不要趁我的家人回來前洗個澡？」蔻洛伊滿懷期望地問。公爵夫人仰望著主人，帶著迫切期待的神情眨眼睛，其實這臭味也薰得牠猛眨眼。

「讓我想想……」

蔻洛伊充滿期待對他微笑。

「其實，我想下個月再說吧，謝謝你。」

「喔，」蔻洛伊很失望，「那你現在有什麼需要嗎？」

「不知道有沒有下午茶的菜單？」臭臭先生問：「有司康、蛋糕或是法式甜點嗎？」

「嗯……沒有，」蔻洛伊說：「不過我可以幫你拿一杯茶跟一些餅乾。我們家應該還有一些貓食，我可以幫公爵夫人拿些過來。」

「我很確定公爵夫人是狗不是貓。」臭臭先生說。

「我知道，不過我們家只養貓，所以只有貓食。」

「喔，或許明天你可以去一下拉吉的店，幫公爵夫人買些狗罐頭。拉吉知道牠喜歡什麼牌子的。」臭臭先生翻著他的口袋，「十塊錢給你，找的零錢你留著。」

蔻洛伊看著手掌，臭臭先生給她的其實是一顆銅扣。

「小姐，真是感激不盡，」他繼續說：「還有你待會回來的時候記得要先敲門，說不定我正好在換睡衣。」

我到底做了什麼？蔻洛伊穿過草地走回屋子裡的時候，她這麼想。她滿腦子想的全是對她這個新朋友的想像故事，只不過感覺都不太對。說不定他是太空人，返航地球時，因爲受到撞擊而失憶了？或者是個逃犯，爲了根本沒犯過的罪，坐三十年冤獄。或者，更厲害的是，他是個海盜，被夥伴強迫走木板掉到鯊魚出沒的水域，最後奇蹟似地安全游上岸？

有一件事她可以確定，就是他眞的很臭，連走到後門的時候都還聞得到。花園裡的花草似乎都被薰得枯萎了，紛紛朝著遠離小倉庫的方向倒，好像拚命要躲避那味道似的。**至少他安全了**，蔻洛伊想，**而且在那裡又乾爽又溫暖，就算只能讓他待一晚也好**。

當她回到房間往窗外看的時候，自行車燈已經在閃了。「請幫我帶些蘇格蘭奶油酥餅，如果有的話！」臭臭先生喊著，「謝謝你！」

8 可能是排水溝

「這什麼味道？」媽媽一走進廚房就質問。她一整天都在外頭忙著競選造勢，那一身寶藍色的連身裙套裝都還整整齊齊的。不過她的鼻子就不是這麼回事了，一進門就噁心得不由自主地抽搐著。

「什麼……味道？」蔻洛伊嚥口口水，慢半拍才回答。

「你一定也聞到了，蔻洛伊。那味道……呃，我不想說那讓我想起什麼，像我這麼有水準有教養的女人絕對不會這麼沒禮貌的，不過這味道真難聞。」她吸了一口氣，似乎又被那氣味再度嚇到了。「我的天啊！真的非常難聞。」

那氣味就像是一朵不懷

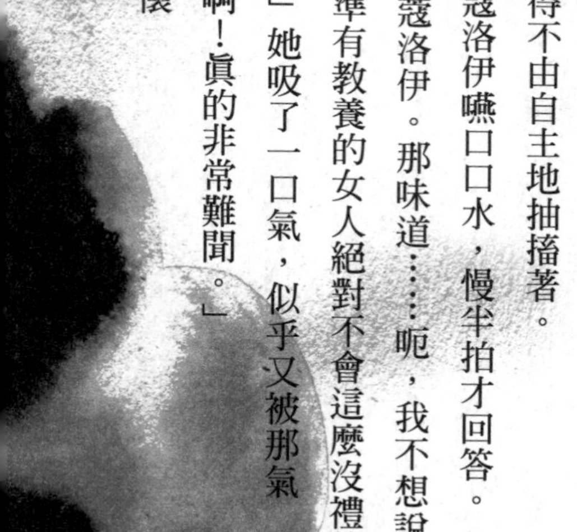

好意的烏雲，從小倉庫的木頭滲透出來，過程中一定把木頭上的漆也弄掉了，然後悄悄地穿過草地，打開貓門，大舉入侵廚房。

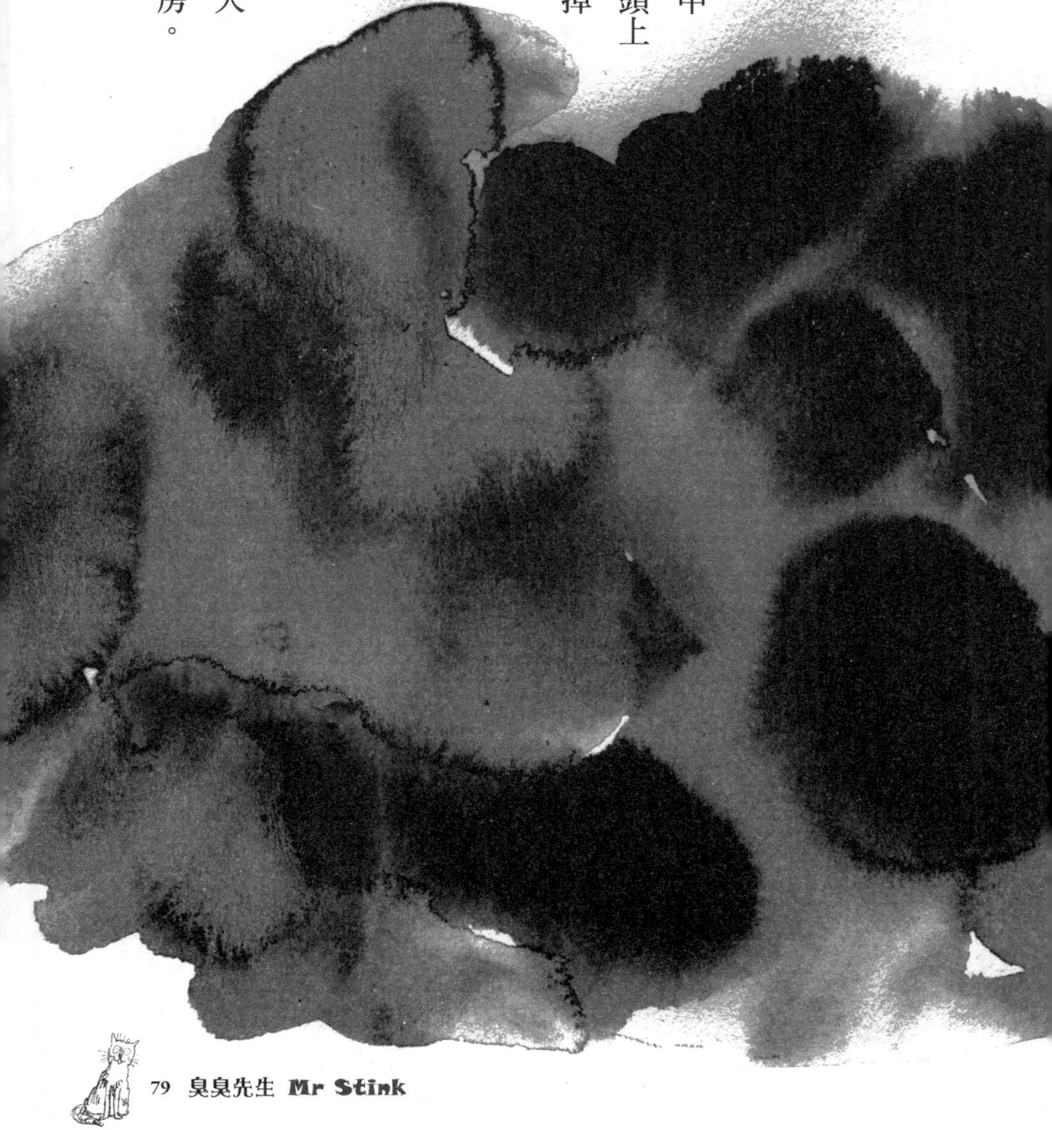

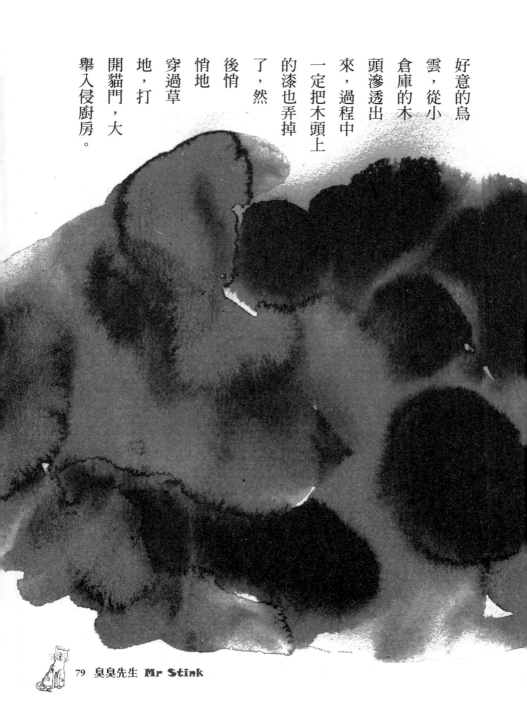

你想過臭味是什麼樣子嗎？應該就像這樣……

噢，真噁心。如果你把鼻子湊到上一頁，或許就可以聞到。

「可能是排水溝吧？」蔻洛伊說。

「對，一定是排水溝沒清乾淨了，我又多了個參選議員的理由。明天早餐的時候有個《泰晤士報》的記者會來訪問我，你要記得表現你最好的一面來。我想要讓他看到我們是多麼美好的正常家庭。」

正常？蔻洛伊想。

「選民喜歡有幸福美滿家庭的人。我只能祈禱這股惡臭在明天前就消失。」

「對啊……」蔻洛伊說：「我想一定會的。媽，老爹……我的意思是，爸爸……參加過搖滾樂團嗎？」

媽媽盯著她看，「你到底在說什麼？小姐，你怎麼會有這種荒唐的想法啊？」

蔻洛伊嚥了一下口水，「我只是看到一個叫做《末日之蛇》的樂團照片，其中的一個成員很像……」

媽媽的臉色變得有點白，「荒謬！」她說：「我不知道你到底怎麼了！」她無意識地撥弄著她蓬髮，好像很緊張的樣子。「你爸爸，沒參加過搖滾樂團！你在作業簿裡畫滿讓人生氣的故事，再來又問這個奇怪的問題！」

「但是……」

「沒有什麼但是，小姐。坦白講，我已經不知道該拿你怎麼辦了。」媽媽現在看起來眞的是氣極了，蔻洛伊不明白她到底那裡做錯了。

「嗯，原諒我問這個問題。」她繃著臉。

「夠了！」媽媽怒吼，「去睡覺，馬上！」

「現在才六點半！」蔻洛伊抗議。

「我不管！上床！」

蔻洛伊根本睡不著。不只是因爲她被這麼無理地趕上床，更重要的是因爲她把一個流浪漢弄進家裡的小倉庫。

這時候她發現有光線對著她的窗戶一閃一閃的，看看鬧鐘，清晨兩點十一分。大半夜的他到底要什麼？

臭臭先生把小倉庫布置得挺有家的感覺的。他用幾疊舊報紙做了一個床，一塊舊的防水帆布當被子，裝培養土的塑膠袋當枕頭，看起來還蠻舒服的。一條老舊的橡膠水管繞成狗窩給公爵夫人睡，一個裝滿水的花盆當成碗放在一旁。他還用粉筆熟練地在黑色的木牆上畫了些老式的圖畫，就像你在博物館或是鄉下老房子看到那種畫著歷史人物的畫。另一面牆則畫了一扇窗，還有窗簾跟海景。

「你好像都安頓好了。」蔻洛伊說。

「喔，是啊！實在是太謝謝你了，孩子。我很喜歡這裡，我終於又有家了。」

「我眞高興。」

「現在，」臭臭先生說，「蔻洛伊小姐，我把你叫來是因爲我睡不著，你可以唸個故事給我聽嗎？」

「故事？什麼樣的故事？」

「親愛的，讓你選。不過拜託，不要太幼稚、女孩子氣那種……」

蔻洛伊又躡手躡腳地走上樓回自己房間。她常常這樣無聲無息地在房子裡走動，所以她記得階梯的哪個角落踩下去會發出聲響。這一階要踩在正中央，下一階要踏往左側一點，她知道這樣走就不會被發現。萬一吵醒妹妹安娜貝兒，她一定會藉機發揮，讓蔻洛伊惹上大麻煩的。這麻煩不像平常沒吃包心菜，或是「忘記」寫功課那種，「邀請流浪漢住進小倉庫」可是破表的超級大麻煩。讓我用這圖表簡單說明一下：

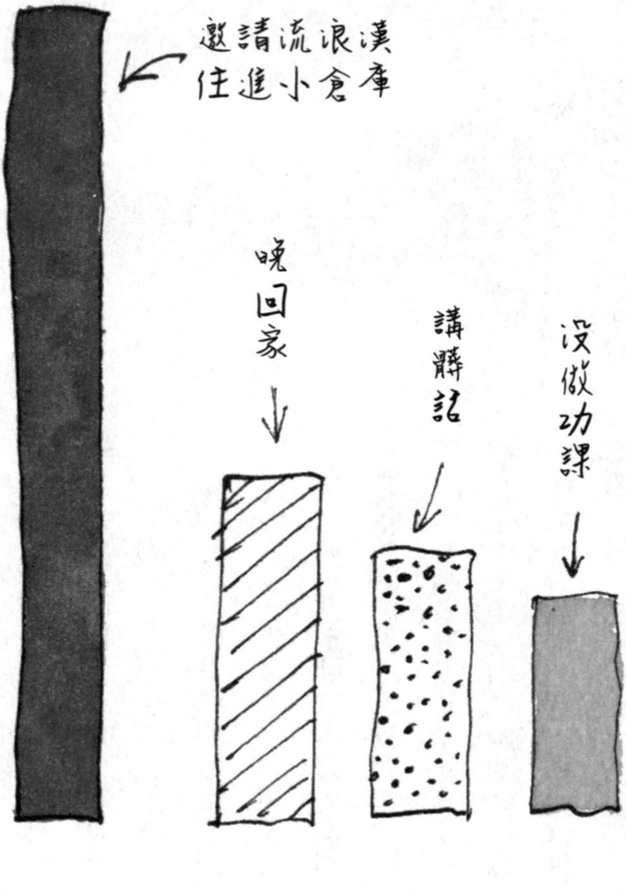

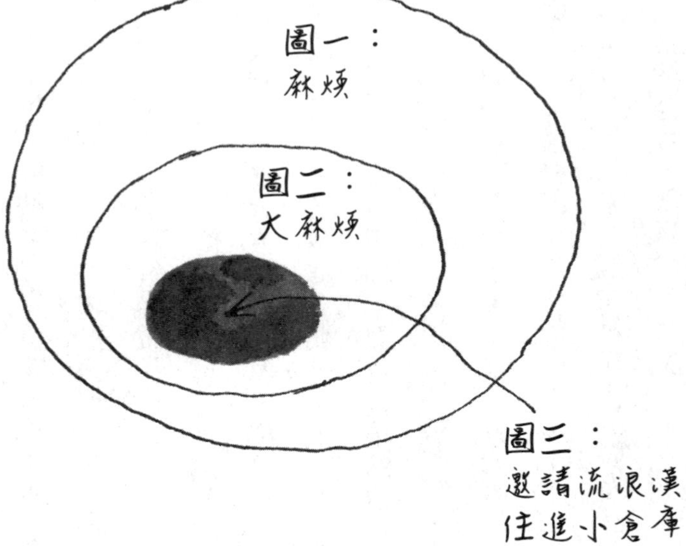

或者，你也可以看這個圓形圖表。如果圖一是「麻煩」，圖二是「大麻煩」，那麼中間陰影部份代表的就是——邀請流浪漢住進小倉庫，是圖二的一部份。

希望這些圖表說明得夠清楚。

蔻洛伊看著她的書架，上頭擺了很多裝飾的小貓頭鷹，她不知道自己爲什麼收集這些東西。（她連自己到底喜不喜歡貓頭鷹都不曉得。那是因爲有一天，一個遠房阿姨買了件陶製的貓頭鷹給你，然後其他阿姨就以爲你在收集，最後在你童年的尾聲，你就擁有幾百個這種蠢貨，我是說貓頭鷹，不是阿姨。）

蔻洛伊仔細看著她的書的書背，都很女孩子氣。很多都是粉紅色的，跟她房間那討厭愚蠢的粉紅色很相配。事實上，房間牆壁的顏色並不是她自己選的，甚至沒有人詢問過她的意見。爲什麼她的房間就不能漆成黑色的呢？那一定很酷。媽媽會買給她的書，都是一些有關小馬、公主、芭蕾學校，還有那些沒大腦的美國金髮少女，整天只煩惱要穿什麼去參加畢業舞會。蔻洛伊對這些一點也沒有興趣，而且她很確定臭臭先生也一樣不會有興趣的。但唯一一則她自己寫的故事已經被媽媽撕破了，這下子該如何是好。

蔻洛伊躡手躡腳地走下樓梯，以非常慢的速度把廚房門關上，確保不會發出聲響，然後輕敲小倉庫的門。

「是誰？」傳來一個疑神疑鬼的聲音。

「當然是我，蔻洛伊。」

「我睡著了！你要幹嘛？」

「你不是叫我唸故事給你聽嗎？」

「既然你都把我吵醒了，那就進來吧……」

蔻洛伊先深吸一口夜晚清新的空氣，再走進臭臭先生的窩。

「好耶！」臭臭先生說，「我很喜歡聽床邊故事。」

「呃，很抱歉，我實在找不到適合的書，」蔻洛伊說：「我的書都很女孩子氣，事實上，大部分都是粉紅色的。」

「喔，這樣啊，」臭臭先生剛開始有點失望，然後想起什麼似地笑著說，「唸個你寫的故事來聽聽怎麼樣？」

「我的故事？」

「對啊，你不是告訴我你喜歡編故事嗎？」

「可是我不行……我的意思是……如果你不喜歡的話？」有種既興奮又害怕的特殊情緒在蔻洛伊的胃裡翻攪，從來沒有人要求過想聽她的故事。

「我相信我會喜歡的，」臭臭先生說，「而且，沒試過你怎麼會知道呢？」

「說得沒錯，」蔻洛伊點點頭。她猶豫了一會，然後深吸一口氣。「你喜歡吸血鬼嗎？」她問。

「呃，吸血鬼，我一個也不認識。」

「喔不，我的意思是，你喜歡聽吸血鬼的故事嗎？有一所學校的老師都是吸血鬼，他們專門吸那些毫不知情的可憐學生的血。」

「就是被你媽媽撕掉的那個故事嗎？」

「嗯……對，」蔻洛伊難過地回答，「不過我大部分都還記得。」

「哦，那我很想聽！」

「真的？」

「當然！」

「好，」蔻洛伊說：「但是你可以先把手電筒給我嗎？」

臭臭先生把手電筒遞給她，她把手電筒打開放在臉的下方，讓臉看起來很恐怖。

「從前從前……」在失去勇氣之前她開始講。

「怎樣？」

「從前從前……不行，我沒有辦法！對不起。」

蔻洛伊討厭在全班面前朗讀，她很害羞，爲了逃避，她甚至會到藏到桌子底下去。這次更可怕，這是她自己的作品，更私密，更個人，她突然覺得自己還沒準備好要跟任何人分享。

「拜託，蔻洛伊小姐，」臭臭先生鼓勵她，「我眞的很想聽你的故事，好像很棒！你剛剛說從前從前……」

她深吸一口氣，「從前從前，有一個名叫莉莉的小女孩，她很討厭上學。並不是因爲學校課業很難，而是因爲她的老師全都是吸血鬼……」

「開場就很棒！」

蔻洛伊笑了一下，又繼續講。她很快進入故事情節，用不同的聲音扮演各種角色：女主角莉莉；莉莉最好的朋友賈斯汀，他在上鋼琴課的時候被音樂老師咬到也變成吸血鬼；還有那個邪惡的校長黑夫人，其實是吸血鬼女王。

故事講了一整晚，在天亮以前蔻洛伊剛好把故事講完，莉莉終於用曲棍球棒刺穿校長的心臟。

「黑夫人的血就像新鑿油井的油一樣，噴了出來，把體育館染紅。講完了。」

蔻洛伊把手電筒關上，她的聲音啞了，她的眼睛也幾乎張不開。

「真是扣人心弦，」臭臭先生說，「我迫不及待地想知道第二集會發生什麼事了。」

「第二集？」

「對啊！」臭臭先生說，「殺了校長之後，莉莉一定得轉到另一所學校。這次的老師可能都是吃人肉的殭屍！」

蔻洛伊心想，**這真是個不錯的點子。**

9

流了點口水

終於一頭栽到床上了，蔻洛伊看看收音機鬧鐘，已經早上六點四十四分了。她從來沒有這麼晚睡過，從來沒有。即使大人也不會這麼晚才睡。或許有些不乖的搖滾明星會吧，不過應該也不多。她把眼睛閉了一下子。

「蔻洛伊？蔻洛伊……起床了！蔻洛伊……」媽媽在門外喊。她敲了三次門，停了一陣子之後又再敲一次，這一次特別煩人，因爲蔻洛伊沒有想到她會再敲一次門。蔻洛伊再看一次收音機鬧鐘，六點四十五分。她如果不是睡了一整天，就是才睡一分鐘而已。因爲眼睛根本睜不開，蔻洛伊猜想她一定才睡一分鐘而已。

「什麼……」才說完就被自己又低又啞的聲音嚇到了。說了一整夜的故事，蔻洛伊的聲音變得像一天抽一百根菸的六十歲老礦工。

「不要跟我說『什麼』，小姐！別再賴床了，你妹妹今天早上都已經完成鐵人三項了。現在立刻起床，我今天的競選活動需要你幫忙！」

蔻洛伊累到覺得整個人已經種在床裡了，搞不清楚哪裡是身體，哪裡是床了。她從被子裡溜下來，爬到浴室。蔻洛伊對著鏡子眨眨眼，有一瞬間，她以爲看到了奶奶。然後，她嘆了一口氣，下了樓，走到廚房餐桌。

「我們今天要爲競選活動造勢。」媽媽啜飲了一口葡萄柚汁，吞下擺在桌上一整排的維他命丸跟營養補充品。

「聽起來很無———聊。」蔻洛伊把「無」這個字刻意拉長，聽起來又更無聊了。禮拜天的早晨，媽媽會把電視打開收看政治節目。蔻洛伊也喜歡看電視，在這看電視十分受限制的家裡，即使看樓梯升降椅廣告也是一種享受。不過，這些政治節目，莫名其妙地選在禮拜天早上播出，眞的無聊透頂。如果大人世界就像這樣的話，蔻洛伊還眞希望自己永遠不要長大。

蔻洛伊一直懷疑媽媽看這節目另有動機：她喜歡首相。蔻洛伊自己是沒什麼感覺啦，不過一大堆媽媽那種年紀的女人，似乎都覺得首相很可口。老爹也覺得很可笑，不管媽媽在做什麼，只要首相出現電視新聞裡，她就會立刻停下手邊的工作跑來看。有一次，螢幕上出現首相穿著牛仔短褲在沙灘玩飛盤，蔻洛伊還看到媽媽的嘴角滲出了點口水。

當然了，即使看到媽媽流口水也沒辦法讓這些政治節目不無聊。不過蔻洛伊寧願看一百個這樣的節目，也不想耗上一整天跟媽媽去宣傳造勢。可想而知有多無聊了吧。

「哦，不管你喜不喜歡，你都要來。」媽媽說，「穿上你生日時我買給你的那件有褶子的黃色洋裝，你穿上那件衣服看起來還算漂亮。」

蔻洛伊穿那件洋裝看起來根本稱不上漂亮，倒像是包了黃色玻璃紙的糖果。這樣說還不夠慘，她簡直就像是糖果罐裡最不受歡迎的口味，一直留到過年還沒人吃。她唯一喜歡穿的顏色是黑色，她認爲黑色很酷，而且讓她看起來不會那麼胖。蔻洛伊極度希望自己成爲哥德族（穿黑色衣服，喜歡歌德搖滾的年輕人），可是她不知道要怎麼開始，因爲哥德風的衣服在百貨公司是買不到的。而且你還得把臉塗白、頭髮染黑，更重要的是，還要練就一直低頭看鞋的本事。

到底要怎樣才能成爲哥德族呢？有報名表可塡嗎？還是要通過超級哥德族組成的委員會審核才行，看看是否符合歌德精神？蔻洛伊在大街的垃圾桶旁看過一個眞正的哥德族，她興奮得不得了，很想過去問他是怎麼變成哥德族的。不過她太害羞了，這實在是蠻諷刺的，因爲害羞其實就是成爲哥德族的必要條件。

如果伊莉莎白不小心變成哥德族的話，牠應該會變成這樣。

圖一

圖二

我們還是回到原來的故事……

「蔻洛伊，外頭很冷喔。」媽媽說話的時候，蔻洛伊正穿著那件可怕的糖果紙洋裝從樓上走下來。「你要再加件外套才行，穿去年聖誕節奶奶送給你的那件橘色外套怎麼樣？」

蔻洛伊走到樓梯底下的儲藏室拿，家裡每個人的外套跟靴子都擺在這裡。黑暗中傳來窸窸窣窣的聲音，難道是伊莉莎白不小心被關了進去？還是臭臭先生搬進來了？她打開電燈，在一件舊毛皮大衣底下，有張驚恐的臉正往外瞧。

「老爹？」

「噓！」

「你躲在那裡幹嘛？」蔻洛伊小聲說：「你不是應該在上班嗎？」

「不，我不上班了。我丟了工廠的那份工作。」爸爸內疚地說。

「什麼？」

「兩個星期前我們有一大堆人被裁員了。現在都沒有人買新車，我想是因爲經濟不景氣的關係。」

「喔，可是你爲什麼要躲起來？」

「我不敢告訴你媽媽，她知道的話，會跟我離婚的。拜託，我求你，不要告訴她。」

「我覺得她不會離……」

「拜託，蔻洛伊。我會很快想辦法解決的，雖然這並不容易，但我會盡可能找到另一份工作的。」

爸爸的身體往前傾，大衣的邊緣就垂在他頭上，厚厚的毛皮就像是一團捲捲的頭髮。

「所以你有頭髮的樣子就像這樣！」蔻洛伊喃喃自語。

「什麼？」

那ＣＤ封面上的人一定就是老爹。看他頭上頂著毛皮的樣子，就跟照片裡一樣，有一頭驚人的捲髮！

「如果你需要工作，可以再回到《末日之蛇》樂團彈吉他。」蔻洛伊說。

老爹嚇了一跳，「誰告訴你我以前參加過樂團？」

「我看過你的CD，也問過媽媽，可是她……」

「噓！」老爹說，「小聲一點，等等……你在那裡看到那張CD的？」

「呃……我在……嗯……我在小倉庫裡找舊倉鼠籠的時候，發現一個裝很多舊貨雜物的箱子，裡面有一把焦黑的吉他。」

老爹正要開口說什麼的時候，樓上突然傳來關門聲。

「走吧，蔻洛伊！」媽媽高聲說。

「答應我，絕對不要提我失業的事。」老爹低聲說。

「我答應你。」

蔻洛伊關上門，讓趴在地上的爸爸窩在黑暗中。現在有兩個大男人藏在家裡了，**接下來呢**？她心想，**該不會在烘乾機裡發現爺爺吧**？

10 嚼過一下下

爲競選活動造勢意味著蔻洛伊要敲遍鎮上每一戶人家的門，然後媽媽會說「請投我一票」。那些說願意把票投給媽媽的人，馬上贏得了大笑容以及可以貼在窗上的巨型標語「把票投給柯蘭姆」。那些說不投給媽媽的人可能會錯過很多白天的電視節目，因爲媽媽可不是那種輕言放棄的人。

她們經過拉吉的書報攤，「不知道拉吉肯不肯讓我把海報貼在他窗上？」媽媽說著就走進店裡。蔻洛伊在後面，穿著她那雙憨腳的禮拜天專用好鞋子，努力地跟上來。她整天都心不在焉的，頭上裝著兩個熱氣球般大的祕密——藏在花園小倉庫的臭臭先生和藏在樓梯下方儲藏室的老爹！

「啊，我最喜愛的兩個顧客！」她們一進門，拉吉就叫了起來，「美麗

的柯蘭姆太太和她迷人的女兒蔻洛伊！」

「是柯魯——姆！」媽媽糾正，「呃，拉吉，你會投我一票嗎？」

「你參加電視節目《英國好聲音》嗎？」拉吉興奮地說，「當然，我當然會投你一票，你禮拜六要唱什麼歌？」

「不是啦，拉吉，媽媽沒有參加《英國好聲音》。」蔻洛伊打岔說，盡量忍著不笑出來。

「那就是《鑽石夜總會》囉？難道你要跟那隻調皮的水獺

布偶傑若米演出腹語秀嗎？那眞是太有趣了！」

「不是，她也沒有參加《鑽石夜總會》。」蔻洛伊笑出來了。

「還是《夢想高飛》？還是葛里翰主持的那叫做什麼來著？」

「是選舉，拉吉。」媽媽打斷他的話，「你知道，就是這次的地方選舉，我出來參選議員。」

「那什麼時候要選？」

「下星期五，你竟然不知道！拉吉，報紙上寫的到處都是！」媽媽指著店裡那一疊疊的報紙。

「喔，我只看八卦週刊，」拉吉說，「從那裡就可以得到我需要的所有資訊。」

媽媽很不認同地看著他，蔻洛伊懷疑媽媽根本不知道八卦週刊會有哪些內容。蔻洛伊看過一個大男孩帶《參週刊》去學校，她知道那本雜誌有些內容很猥褻。

「拉吉，你覺得目前社會面臨最重要的議題是什麼？」媽媽問。她爲自

己能提出這麼睿智的問題感到沾沾自喜。

拉吉思量了一陣子，然後對著在散裝糖果區流連的幾個男孩大叫，「年輕人！除非你們要買，要不然就不能把甘草糖放進嘴裡。哦，天啊，那些甘草糖現在只好降價出售了！」

拉吉抓起一支筆和一塊紙板，寫上「嚼過一下下」，然後把紙板立在甘草糖的盒子裡。「對不起，你剛才問的問題是什麼？」

千萬要記住，蔻洛伊心想，**不要在這家店買甘草糖**。

「呃……我說到哪了？」媽媽對拉吉說，「啊對了，你覺得目前……」

「影響社會最重要的議題是什麼？拉吉。」拉吉接著說，「喔，我不用說『拉吉』，我自己就是拉吉。嗯，我認爲吉百利奶油蛋捲如果全年都有得賣，不只復活節才有的話，那就太好了。那是我這裡賣得最好的商品之一。另外我強力推薦洋芋片除了有起司口味以外，應該再開發雞汁口味和咖哩羊肉口味。還有最重要的一點，我知道這有些爭議，不過我還是認爲狂歡牌咖啡口味的糖果應該下架，因爲那破壞這品牌原有的美妙風味。就這樣，我說完了！」

「好的。」媽媽說。

「如果你保證可以在這些議題上影響政府決策，我就投你一票，柯蘭姆太太！」

到目前爲止，人們對媽媽的支持度不一，媽媽很想穩穩拉住這一票。

「好的，我一定會盡我所能的，拉吉！」她說。

「非常感謝你，」拉吉說，「自己動手拿東西吃吧。」

「不，不用了，拉吉！」

「別客氣，柯蘭姆太太，來試試這盒巧克力，我剛才吃了幾塊焦糖口味的，嗯，超好吃的。蔻洛伊，你可能會喜歡這巧克力夾心條，看起來有一點扁，是因爲被我老婆坐到了，不過絕對一樣好吃。」

「我們不能白白接受這樣的禮物，拉吉。」媽媽說。

「呃，你可以用買的啊。這一盒巧克力四百二十九塊錢，這巧克力夾心條二十塊錢，加起來總共四百四十九塊錢，就算你四百五十塊錢吧，給我五百塊的話就更方便，謝謝你了。」

蔻洛伊和媽媽就這樣拿著他們的糖果準備走出拉吉的店，媽媽拿著那盒被吃過的巧克力，看不出有任何隱藏的不屑表情。

「拉吉，別忘了，投票日在下個星期五！」媽媽開門的時候提醒拉吉。

「哦，下星期五不行耶，柯蘭姆太太。那天我得待在店裡，因爲我有一大批貨要到！不過還是祝你好運！」

「啊……謝謝。」媽媽垂頭喪氣地回答。

「柯蘭姆太太，」拉吉說，「我可以介紹你一樣特別的東西嗎？那可能會成爲你們家代代相傳的傳家寶喔，說不定有一天你的孫子會很驕傲地拿到電視上的鑑定節目去估價呢！」

「哦？」媽媽很期待地說。

「忍者龜文具組……」

11

拉頭髮

「你在小倉庫裡藏了什麼？」安娜貝兒語氣裡帶著一絲指控的快樂。

大半夜的，蔻洛伊躡手躡腳的經過她妹妹房間，她正要去跟臭先生講有關莉莉的最新冒險故事——有關吃人肉的殭屍老師。安娜貝兒穿著粉紅小馬睡衣站在走廊，頭髮綁成一束一束的。因爲怕半夜突然失火來不及打扮，她都塗著唇膏睡覺，看起來還眞可愛得噁心。

「沒什麼。」蔻洛伊嚥了嚥口水。

「我知道你在說謊，蔻洛伊！」

「怎麼樣？」

「你一說謊就會吞口水。」

「才沒有呢！」蔻洛伊試圖不去吞嚥口水，可是她又嚥了一下。

「你又吞了一次！你到底藏了什麼在裡面？男朋友嗎？還是其他什麼？」

「沒有，我才沒有男朋友，安娜貝兒。」

「也是，你當然沒有，你要先減肥才行。」

「你快去睡覺啦。」蔻洛伊說。

「你不告訴我你在小倉庫裡藏了什麼，我就不去睡。」安娜貝兒說。

「小聲一點，你把大家都吵醒了！」

「不要，我才不要小聲一點！我要越說越大聲。**啦啦啦啦啦啦啦啦啦啦啦啦啦啦啦啦啦啦啦啦！」**

「噓！」蔻洛伊生氣地說。

「**啦啦**

啦啦……」

蔻洛伊用力拉她妹妹的頭髮一把。先是一陣沉默，安娜貝兒吃驚地盯著蔻洛伊，然後張開嘴哀嚎，「啊啊啊！」

「孩子們！怎麼這麼吵？」穿著絲質睡衣的媽媽從她房間走出來。

安娜貝兒想要開口說話，但是她哭得上氣不接下氣。

「啊……呃……啊……呃……啊……呃呃呃……啊……呃……啊……」

「蔻洛伊，你到底對她做了什麼？」媽媽質問。

「她裝出來的！我才沒有那麼用力拉她的蠢頭髮！」蔻洛伊抗議。

「你拉她的頭髮？安娜貝兒入選最後一千人模特兒，明天就要試鏡了，她要保持完美才行！」

「呃……啊……呃……啊。她啊呃……在小倉庫裡啊呃……不知道啊呃……藏了啊呃……什麼。」安娜貝兒邊說邊擠出更多眼淚。

「爸爸，」媽媽命令，「現在立刻給我出來！」

「我在睡覺！」從他們房間裡傳來悶悶的聲音。

「**立刻**！」

蔻洛伊低頭看著地毯，所以媽媽看不到她臉上的表情。接著靜默片刻，家裡的三個女人聽到爸爸起床了，然後是馬桶沖水的聲音。這時候媽媽氣得脹紅了臉。

「我說立刻！」

聲音突然停止，老爹穿著足球隊睡衣，拖著腳步走出來。

「安娜貝兒說蔻洛伊在小倉庫裡藏了什麼東西，很有可能是巧克力。我要你下去看看。」

「我？」老爹詫異地說。

「對，就是你！」

「不能等到明天早上嗎？」

「不行。」

「那裡什麼都沒有。」蔻洛伊乞求地說。

「閉嘴！」媽媽命令。

「我去拿手電筒。」老爹嘆口氣。

他慢慢地走下樓，媽媽、蔻洛伊和安納貝兒都衝到主臥室窗戶，看著老爹走向花園的另一端。滿月的月光灑向花園，有種詭異的氣氛。隨著他前進的腳步，手電筒的光線也在樹叢間跳動著。她們屏氣凝神地看著老爹慢慢打開小倉庫的門，門嘎吱作響，好像悶悶地叫了一聲。

蔻洛伊聽到自己的心跳聲，這就是決定她命運的一刻了？從這一刻起她每一餐就只能吃青菜了嗎？還是在還沒起床前，就又得上床睡覺了？或者她這輩子都被禁足了？蔻洛伊又嚥了一下口水，聲音之大前所未有，媽媽狠狠地瞪她一眼，充滿懷疑。

如轟雷般的靜默，幾秒鐘過去了，或者應該說是幾個鐘頭，或是好幾年。然後老爹從小倉庫裡慢慢現身，他抬頭對著窗戶大叫，「裡面什麼也沒有！」

12 非常臭的臭

這一切只是一場夢嗎？蔻洛伊躺在床上想。她正在半夢半醒之間，還能記得自己在作夢。現在是凌晨四點四十八分，她甚至開始懷疑臭臭先生是否眞實存在過。

天剛亮，蔻洛伊的好奇心戰勝了自己，她側著身體下樓梯，躡手躡腳穿過濕冷的草地，走向小倉庫的門。打開門之前，她還猶豫了一會。

「啊，你來啦！」臭臭先生說，「我今天早上很餓。如果不會太麻煩的話，我想吃半熟的水波蛋、香腸、蘑菇、烤番茄、香腸、烤豆子、香腸、麵包和奶油，邊邊要放點特調醬。啊！不要忘記香腸喔，還有英式早茶，和一杯柳橙汁。」

很顯然的蔻洛伊並沒有作夢，不過她開始希望這一切都是夢，她此刻面臨的是這麼刺激又可怕的眞實。

「先生，現榨的柳橙汁合您的胃口嗎？」她諷刺地問。

「事實上，你有稍微過期的嗎？如果有一個月或更久之前的果汁的話，那更好了。」

就在這時候，蔻洛伊看到一張邊緣捲起的老舊黑白照片，被臭臭先生放在架上。照片裡有一對漂亮的年輕夫婦驕傲地站在一輛完美無瑕、曲線優美的勞斯萊斯旁邊，這輛車就停在一間豪華大宅院的車道上。

「這是誰？」她指著照片問。

「喔，誰也不是，沒沒……沒什麼……」他結結巴巴地回答，「只是一張感傷的老照片，蔻洛伊小姐。」

「我可以看嗎？」

「不，不，不行，這只是一張蠢照片而已，拜託，別看。」臭臭先生越來越慌張失措。他把那張照片從架上一把抓下來，放在他睡衣口袋。蔻洛伊有些失望，那張照片似乎又是通往臭臭先生過去的一條線索，就像他那把小銀湯匙，或者是他把紙團投入垃圾桶的姿勢一樣。不過這次似乎是最好的線索，只是臭臭先生急著把她趕出小倉庫，還說，「不要忘記香腸喔！」

老爹怎麼可能沒看到他呢？蔻洛伊一邊走回屋裡一邊想。就算是沒看到臭臭先生在裡面，也應該聞得到啊！

蔻洛伊躡手躡腳地走進廚房，盡可能安靜地打開冰箱。她往冰箱裡頭看了一下，然後開始小心翼翼地移動裡面的那些瓶瓶罐罐，不讓它們碰撞發出聲響。她希望能找到過期的柳橙汁，滿足臭臭先生被汙染的味蕾。

「你在做什麼？」一個聲音傳來。

蔻洛伊被嚇了一大跳，原來只是老爹，不過她沒想到他會起得這麼早。她讓自己鎮定了一會。

「沒什麼啦，老爹，我只是餓了。」

「我知道誰在小倉庫裡，蔻洛伊。」他說。

蔻洛伊看著他，慌張得無法思考，更別說開口說話了。

「昨晚我打開小倉庫的門，看見一個老流浪漢在我的割草機旁邊打呼。」老爹繼續說，「那臭味啊……呃……可真臭，那是非常臭的臭……」

「我本來想告訴你的，真的，」蔻洛伊說，「他需要一個家，老爹，媽媽要把所有無家可歸的人都趕出街頭！」

「我知道，我知道，但是很抱歉蔻洛伊，他不能住下來，如果你媽媽知道的話會抓狂的。」

「老爹，對不起。」

「沒關係，親愛的，我不會告訴你媽媽的。就像你答應我不告訴任何人我失業的事，不是嗎？」

「是啊，當然囉！」

「乖孩子。」老爹說。

蔻洛伊很高興能和老爹獨處一會，「你的吉他怎麼會被燒啊？」

「你媽媽把它丟進火堆裡。」

「不會吧！」

「是的，」老爹難過地說，「她要我的人生繼續往前走。我想，她是幫了我一個忙。」

「幫了一個忙？」

「嗯，《末日之蛇》是沒什麼搞頭的。後來我在汽車工廠找到了工作，事情就是這樣。」

「可是你們出了張專輯！你們一定很有名。」蔻洛伊很雀躍。

「沒有，我們一點也不出名！」老爹乾笑，「那張專輯只賣出了十二張。」

「十二張？」蔻洛伊說。

「對啊，其中大部分還是你奶奶買的。不過，我們其實還蠻不錯的，有一首單曲還上了排行榜。」

「什麼，排行榜前四十嗎？」

「不，我們最好到第九十八名。」

「哇，」蔻洛伊說，「排行榜前一百名耶！很棒了，不是嗎？」

「不，並不好，」老爹說，「不過聽你這樣說眞好。」他親了一下她前額，張開雙臂給她一個擁抱。

「沒時間擁抱了！」媽媽邊說邊走進廚房，「《泰晤士報》的人快要到了。爸爸你做炒蛋，蔻洛伊你擺餐具。」

「好的，媽媽。」蔻洛伊至少有一半的心思都在擔心：臭臭先生什麼時候才吃得到他的早餐。

「柯蘭姆太太，家庭對你來說有多重要？」那個表情嚴肅的記者這樣

問。他戴著厚厚的眼鏡而且很老，事實上他或許生來就這麼老。打從娘胎出來就戴著眼鏡穿西裝。他叫「死瞪先生」，蔻洛伊認爲非常名副其實。他看來不常笑，或者根本沒笑過。

「事實上，應該唸成柯魯——姆才對。」媽媽糾正他。

「不，不是這樣。」老爹話一出口，老婆就惡狠狠地瞪他一眼。柯蘭姆一家就這樣圍坐在餐桌前，根本

無法盡情享用他們的豪華早餐。這全是一場騙局，他們平常根本不會圍著餐桌吃燻鮭魚和炒蛋，他們只會圍在廚房的桌子吃穀類早餐或抹醬烤吐司。

「非常重要，死瞪先生。」媽媽說。「家人可以說是我生命中最重要的，我老公柯魯姆先生，我親愛的女兒安娜貝兒，和我另一個……叫什麼來著？喔，蔻洛伊。我無法想像沒有他們我該怎麼辦。」

「哦，那麼我問你，柯魯——魯姆太太。對你來說，你的家人比國家的未來重要嗎？」

這真是個難題，媽媽停頓了一下，這一下足以讓一個文明興起又衰落。

「呃，死瞪先生……」媽媽說。

「嗯，柯魯——姆太太……」

「呃，死瞪先生……」

「嗯？柯魯——姆太太……」

就在這個時候，傳來一陣敲擊窗戶的噠噠聲，「抱歉打擾了，」臭臭先生微笑地說：「請問我可以吃早餐了嗎？」

13 閉嘴！

「這是誰啊？」死瞪先生問，這時候穿著髒兮兮條紋睡衣的臭臭先生正蹣跚地走向後門。

接著一陣沉默，媽媽的眼睛簡直要從眼窩裡凸出來了，安娜貝兒看起來好像快要尖叫，或嘔吐，或者尖叫嘔吐一起來。

「喔，他是住在我們家倉庫的流浪漢。」蔻洛伊說。

「住在我們家倉庫的流浪漢？」媽媽難以置信地跟著說一遍。她眼冒火光地瞪著老公。

他嚥了嚥口水。

「媽，我就說她在那藏了什麼！」安娜貝兒大喊。

「我看的時候明明沒有啊！」老爹抗辯，「他一定是藏在鏟子後面！」

「你眞是偉大的女人啊，柯魯————姆太太，」死瞪先生說，「我看過你的流浪漢政見，你說要把他們趕出街頭。我沒想到你的意思是要把他們趕到家裡來，讓他們跟我們住在一起。」

「呃我……」媽媽支支吾吾的，說不出話來。

「我跟你保證，我要幫你寫一篇精彩絕倫的報導，一定會登上頭版。你可能會成為下一任英國首相喔！」

「我的香腸呢？」臭臭先生邊說邊走進餐廳。

「我的天啊！」媽媽一說完，就驚慌用手遮住口鼻。

「原諒我冒昧打擾，」臭臭先生說，「只是我兩個小時前就請你女兒蔻洛伊幫我做些香腸。很抱歉，不過我實在太餓了！」

「你說我有可能成為下任英國首相嗎？死瞪先生。」媽媽若有所思地說。

「是啊，你眞是太仁慈了，還讓這樣一個又髒又老又臭的流浪漢——我沒有要冒犯你的意思。」

「沒事。」臭臭先生回答得一點也不遲疑。

「……你讓他來跟你們住在一起，怎麼可能選不上議員呢？」

媽媽笑了起來，「這樣的話，」她轉頭對臭臭先生說，「住在我家倉庫、一點也不臭的好朋友，你要幾條香腸呢？」

「頂多九條就好，拜託。」臭臭先生回答。

「九條香腸馬上就來！」

「還要水波蛋、培根、蘑菇、烤番茄、麵包和奶油，旁邊還要放點特調醬，謝謝。」

「當然了，我最最親愛的朋友！」聲音從廚房裡傳來。

「你這麼臭，我都快被你薰死了。」安娜貝兒說。

「不要這樣說，安娜貝兒，」媽媽輕描淡寫地說，「過來這裡幫忙，親愛的，這樣才乖！」

安娜貝兒衝進廚房避難，「現在連這裡也有臭味了！」她大叫。

「你給我閉嘴！」媽媽斥責她。

「所以，告訴我……流浪漢，」死瞪先生靠近臭臭先生問，不過又立刻被薰得退避三舍。「只有你住在小倉庫裡嗎？」

「對，就只有我，當然還有我的狗，公爵夫人……」

「**他還有狗？**」從隔壁傳來媽媽焦慮的呼喊聲。

「住在這裡你覺得怎麼樣？」死瞪先生繼續問。

「很好，」臭臭先生說，「不過我警告你，這裡的服務超慢的……」

14 小姐與流氓

報紙的大標題是「小姐與流氓」。

死瞪先生眞的說到做到了，這則故事果然登上《泰晤士報》頭版。媽媽和臭臭先生的一張大合照也在上頭。臭臭先生笑開懷，露出他黑黑的牙齒。媽媽也試圖要笑，不過因爲那股臭氣，她不得不緊緊閉著嘴。當派報生把報紙投進信箱時，柯蘭姆家就迫不及待地拿出來看。媽媽成名了！她非常自豪地朗讀這篇報導。

穿著一身俐落藍色套裝、戴著珍珠項鍊的柯蘭姆太太看起來或許不像個政治改革家，不過她可能會改變我們的生活方式。她代表當地小鎮出來參選議員，雖然她的政見非常強硬，可是她已經踏出非常不平凡的一步，邀請流浪漢住進他們家。

「這全是我的主意，」柯蘭姆太太說（唸成「柯魯—姆」）。「剛開始我的家人死也不贊成，但我想總得讓這可憐、渾身都是跳蚤汙垢、臭得讓人反胃的髒乞丐，和他那條討厭的狗有一個家。我非常愛他們，他們已經成為我們家的一份子了，我無法想像沒有他們的生活。真希望大家都能跟我一樣有個美麗仁慈的心腸，還有人說我是當代聖人呢！如果每個家庭都能讓一個流浪漢跟他們住在一起的話，流浪漢無家可歸的問題就永遠解決了。哦！還有不要忘了在選舉日的時候投我一票。」

這真是個很棒的主意，足以讓柯蘭姆太太躋身下一任首相人選。

這個叫做「臭臭先生」的流浪漢也有話要說，「可以麻煩你再給我一條香腸嗎？」

「媽，這明明就不是你的主意。」蔻洛伊抗議，她氣得無法悶不吭聲。

「不要這樣嗆我，親愛的，不要……」

蔻洛伊瞪著她，不過這時候電話響了。

「你們誰去接電話好嗎？可能是找我的。」媽媽很有威嚴地說。

安娜貝兒恪盡職守地接了電話，「柯魯姆家，請問是哪一位？」她按照媽媽教她的方式應對。媽媽甚至還有一種特殊的電話腔調，比平常講話更做作。

「親愛的，是誰啊？」媽媽說。

「是首相。」安娜貝兒回答的時候還用手捂住電話筒。

「**首相**？」媽媽尖叫。

她立刻衝向電話。

「我是柯魯————姆太太！」媽媽用一種非常荒謬可笑的聲音，比她的電話腔調更裝模作樣。「是的，謝謝你，首相。那的確是一篇精彩的報導，首相。」

媽媽又流口水了，老爹翻了一下白眼。

「我很高興能夠成爲今晚《質詢時間》節目的特別來賓，首相。」媽媽說。

接下來媽媽安靜了好一陣子，蔻洛伊依稀聽見電話的那一頭傳來講話的聲音，然後又一陣靜默。

媽媽的下巴簡直就要掉下來了。

「什麼？」她對著電話大吼，一時之間忘了保持她應有的儀態。

蔻洛伊不解地看了老爹一眼，但老爹只是聳聳肩。

「什麼意思，你要那個流浪漢也一起上節目？」媽媽簡直難以置信。

老爹咧嘴而笑。《質詢時間》是由某位男爵主持的嚴肅政論性節目，這是媽媽大出風頭的好機會，她怎麼可能容許一個骯髒的老流浪漢破壞一切。

「呃，好吧，」媽媽接著說，「我知道這故事很有話題性，不過他眞的有必要去嗎？他很臭耶！」

接下來又是一陣停頓，顯然是首相在講話，而且聲音越來越大。蔻洛伊很佩服這男人，任何有辦法讓媽媽閉嘴這麼久的人，讓他來治理這國家當之無愧。

「好的，好的，呃，如果您真的想要這樣的話，首相，那當然，我會帶臭臭先生一起過去的。非常感謝您打電話來，對了，我做的檸檬蛋糕很好吃，如果您的競選宣傳車經過的話，希望我有這份榮幸奉上一兩片讓您品嚐品嚐。不用啊？呃，再見……再見……再見……」她確認對方已經掛掉之後又說一次：「再見。」

蔻洛伊衝到花園要告訴臭臭先生這個消息。她先聽到一陣叫聲，心想一是公爵夫人。不過，事實上卻是貓咪伊莉莎白在咆哮，牠正望著躲在小倉庫屋頂發抖的公爵夫人。這小黑狗就在那輕聲嗚咽著。蔻洛伊趕走伊莉莎白，最後總算把公爵夫人哄下來，輕輕拍拍牠。

「好了，好了，」她說，「那隻討厭的貓已經走了。」

伊莉莎白突然間又像隻功夫貓一樣，從灌木叢騰空飛竄出來。嚇壞了的公爵夫人快速衝上蘋果樹尋求庇護。伊莉莎白繞著樹幹，不懷好意地叫著。

蔻洛伊敲敲小倉庫的門，「哈囉？」

「公爵夫人，是你嗎？」

裡面傳來臭臭先生的聲音。

「不，是我，蔻洛伊。」

蔻洛伊心想，**他瘋了**！

「喔，是可愛的蔻洛伊！請進來，親愛的。」

臭臭先生把一個水桶反過來坐，「請，請坐。所以你媽媽跟我上報紙了嗎？」

「你們上了報紙頭條，你看！」

她把報紙舉起來給他看，他咯咯地笑了起來，「終於出名了！」

「還不只這樣呢，我們剛剛接到首相打來一通電話。」

「首相邱吉爾？」

「不是，我們現在有新的首相了，他要你跟媽媽今晚去上一個叫做《質詢時間》的節目。」

「上電視盒子？」

「盒子？對。我想，在你去之前……」蔻洛伊滿懷期盼地看著臭臭先生，「這樣應該蠻好的，如果你先……」

「怎麼樣，孩子？」

「呃……」

「什麼……」

「先……」她終於鼓起勇氣說出來，「洗個澡？」

臭臭先生懷疑地看了她好幾秒。

「蔻洛伊？」他終於問。

「是的，臭臭先生？」

「我不臭吧？」

她該怎麼回答？她並不想傷害臭臭先生，不過如果先把他介紹給香皂先生和水夫人的話，那他就比較容易讓人接近些……

「不，不，你當然不臭。」蔻洛伊嚥了一口史無前例的超級大口水。

「謝謝你，親愛的，」臭臭先生幾乎就要相信了，「那麼爲什麼大家都叫我臭臭先生呢？」

蔻洛伊腦袋裡，響起電視節目《誰想成爲百萬富翁？》的樂聲。這顯然是個價值百萬的問題，可是蔻洛伊並沒有「50／50消去」的機會，也沒有「問現場觀眾」或是「打電話給親友」的辦法可用。在這段冗長的暫停時間裡，似乎可以看完整個《魔戒》三部曲，然後蔻洛伊的嘴裡才冒出幾個字。

「那是開玩笑的。」她聽到自己這樣說。

「開玩笑？」臭臭先生問。

「對啊，因爲你其實還蠻好聞的，所以大家就開玩笑叫你臭臭先生。」

「眞的嗎？」他好像少了點懷疑。

「對，就像把矮小的人叫成『高個先生』，或者把瘦巴巴的人叫成『胖子』一樣。」

「哦，這樣啊，我懂了，眞好笑！」臭臭先生咯咯地笑了起來。

公爵夫人看著蔻洛伊，牠的表情好像在說，**你有機會告訴他實情的，你竟然選擇說謊**。

我怎麼會知道公爵夫人的表情說了些什麼呢？因爲我們附近的圖書館有一本很棒的書，史東教授寫的《一千種狗表情》。

我離題了。

「不過，」蔻洛伊說，「你也許會想洗個澡，呃，只是好玩啦……」

15

洗澡時間

這可不是一般的洗澡時間，蔻洛伊認爲應該視爲一次軍事行動。

熱水？有了。

毛巾？有了。

泡泡浴液？有了。

橡膠鴨子或類似的動物洗澡玩具？有了。

香皀？家裡的香皀夠嗎？鎭上夠嗎？還是得把整個歐洲的香皀都用了，臭臭先生才洗得乾淨？他已經很久沒洗澡了……呃，他說去年才洗過，不過可能從恐龍時代開始就沒洗過了。

蔻洛伊打開兩邊水龍頭讓冷水熱水一起流，這樣溫度才會調得剛剛好。

如果弄得太熱或太冷，可能會把臭臭先生嚇得從此不敢洗澡。她倒入泡泡浴液，用手攪拌。然後從烘衣櫃裡拿出一些折疊整齊的溫暖毛巾，放在浴缸旁邊的小凳子上。她還在櫃子裡找到好幾塊香皂。這一切似乎都照著計劃順利進行，直到……

「他逃走了！」老爹把頭探進浴室。

「什麼意思，『逃走』？」蔻洛伊說。

「他不在小倉庫，也不在房子裡，花園裡也沒看到他，我不知道他到底在哪裡。」

「快開車！」蔻洛伊說。

他們衝出大街，這太刺激了。老爹開車開得比平常還要快，雖然時速還是比速限慢一公里。蔻洛伊坐在前坐，這也是前所未有的經驗。現在就差沒有甜甜圈和咖啡了，如果有的話，他們就像極了好萊塢動作片裡的兩個烏龍警察。蔻洛伊有種直覺，如果臭臭先生跑掉的話，他肯定會回到他們第一次交談的那張長板凳上。

「停車！」他們經過那張長板凳的時候蔻洛伊喊。

「可是這裡是雙黃線耶！」老爹說。

「我說停車！」

老爹踩了刹車，車子停下來的時候，輪胎發出刺耳的聲響。前座的兩個人都往前猛衝了一下，他們相視而笑，覺得很刺激——好像搭了雲霄飛車一樣。蔻洛伊跳下車，把門碰一聲關上，這一切都是媽媽在場時她不敢做的事。

可是長板凳上空無一人，臭臭先生並不在那裡。蔻洛伊嗅一嗅空氣，有一股他的淡淡氣味，但她分不清這是最近的，還是一個禮拜前留下來的。

老爹開著車在鎮上又繞了一個小時。蔻洛伊去遍所有她認爲臭臭先生可能去的地方——橋下、公園、咖啡店，甚至垃圾桶後面，但他似乎眞的不見了。蔻洛伊覺得想哭，或許他已經離開小鎭了——畢竟，他是個流浪者。

「我們現在最好還是回家了，親愛的。」老爹輕聲地說。

「嗯。」蔻洛伊試著讓自己堅強起來。

「我來燒開水。」老爹邊說邊走進家門。

在英國，來一杯茶是解決所有問題的答案。

從腳踏車上摔下來？喝杯好茶。

房子被隕石擊中？好茶配塊餅乾。

全家人都被時光隧道裡跑出來的暴龍吃掉了？好茶配塊蛋糕。這時候或許換個鹹口味的也很受歡迎，像是蘇格蘭蛋或是香腸捲。

蔻洛伊拿起茶壺走到水槽裝水，她望著窗外。

就在這個時候，臭臭先生的頭從池塘裡冒出來，還對她揮揮手。蔻洛伊驚聲尖叫。

當他們驚魂甫定，蔻洛伊和老爹慢慢走向池塘。臭臭先生正自顧自地哼著歌「划呀，划呀，划著的小船」，邊唱還邊用荷葉把水藻抹到他身上。一群金魚翻起魚肚浮在水面上。

「午安，蔻洛伊小姐，午安，柯蘭姆先生。」臭臭先生輕快地說，「我不會洗太久的，我可不想把身體洗皺！」

「你……你……你在做什麼？」老爹問。

「公爵夫人和我當然是在洗澡啊，這是小蔻洛伊建議的。」

這時候公爵夫人從汙濁的水裡出現，全身蓋著水草。似乎只有他在池塘裡泡澡還不夠，連他的小狗也要拉來一起泡。過了一陣子之後，公爵夫人從池塘裡爬出來，留下一大片黑色浮沫在水面。牠把自己甩乾，蔻洛伊吃驚地望著牠。她赫然發現牠根本不是一隻小黑狗，而是一隻小白狗！

「柯蘭姆先生，先生？」臭臭先生說，「可以麻煩您遞條毛巾給我嗎？非常感謝您。啊！我現在已經清潔溜溜了！」

16 統治吧，不列顛尼亞

媽媽用力地聞了又聞，噁心地皺起了鼻子。

「你確定洗過澡了，臭臭先生？」她問道，這時老爹正載著全家和臭臭先生前往電視台攝影棚。

「是的，我洗過了，夫人。」

「呃，但是這車裡怎麼有種池塘的怪味，還有狗味。」媽媽的聲音從前座傳來。

「我覺得快要吐了。」後座的安娜貝兒說。

「我告訴過你了，親愛的。在我們家不用『吐』這個字，」媽媽糾正她，「我們要說，『感到有些噁心』。」

蔻洛伊小心地打開窗戶，不想讓臭臭先生的心裡不舒服。

「你可以把窗戶關上嗎？」臭臭先生問，「我有點冷。」

車窗又關上了。

「非常謝謝你，」臭臭先生說，「眞是太體貼了。」

當他們停紅燈的時候，爸爸伸手要去拿一片他的重搖滾ＣＤ，手被媽媽打了一下，他只好又把手放回方向盤。接著媽媽把她最喜歡的那片ＣＤ放進汽車音響裡，當「統治吧，不列顚尼亞！不列顚尼亞統治這片洶湧的海洋！」（英國家喻戶曉的愛國歌曲）的樂聲震耳欲聾地從他們車子傳出去的時候，旁邊車子裡的老夫婦用一種奇怪的眼神看著他們一家。

「嗯，不不不，這樣不行……」電視節目製作人仔細打量著臭臭先生說，「可以弄些灰塵在他身上嗎？他看起來不夠像流浪漢。化妝師？化妝師在哪？」

一個畫著大濃妝的小姐從走廊轉角走過來，狼吞虎嚥地吃著可頌，手上拿著一個粉撲。

「親愛的，有什麼髒污灰塵之類的東西嗎？」節目製作人問。

「往這邊走，什麼先生來著？」女化妝師說。

「臭臭，」臭臭先生驕傲地說，「我叫臭臭先生，我今晚就要上電視了。」

媽媽皺起眉頭。

蔻洛伊、安娜貝兒和爸爸被帶到一間有電視的小房間，房間裡還有半瓶溫溫的白酒和一些不新鮮的洋芋片，在那裡可以看現場直播。

隆隆的開場音樂響起，伴隨著觀眾禮貌性的掌聲，那個看起來很大牌的主持人大衛史克特男爵開始對著鏡頭講話。「今晚的《質詢時間》爲您製作了選舉特別節目。現場有來自各主要政黨的代表，另外還有一位名叫臭臭先生的流浪漢。歡迎大家收看今天的節目。」

圍坐在桌子旁邊的每個來賓都點頭致意，只有臭臭先生大聲說：「我能說，今晚我很高興能上你的節目嗎？」

「謝謝你。」主持人有些不太確定。

「因爲我沒有家，所以沒看過這節目，」臭臭先生說，「事實上，我根本不知道你是誰，不過我想你一定大有名氣。請繼續，唐納男爵。」

觀衆隱約有些笑聲，媽媽看起來不太高興。主持人不自在地咳嗽了一下，然後試圖繼續下去。

「所以今晚的第一個問題是……」

「你有上妝嗎，迪克蘭男爵？」臭臭先生天眞地問。

「有，一點點。燈光的關係，當然要上一點。」

「當然，當然，」臭臭先生同意，「有上粉底嗎？」

「對。」

「眼線？」

「一點點。」

「脣膏？」

「一點點。」

「看起來很不錯，我眞希望我也有上點妝。腮紅？」

這段對話讓觀衆聽得咯咯發笑，大衛男爵快速繼續往下說：「我應該先解釋一下，今晚臭臭先生在這裡是因爲他被柯蘭姆太太邀請到他們家和他們同住……」

「柯魯——姆。」媽媽糾正。

「噢，」大衛男爵說，「我很抱歉，我跟你先生確認過發音了，他說是柯蘭姆。」

媽媽尷尬地脹紅了臉。大衛

男爵接著把注意力轉回到他的小抄，「緊接著在節目中，」他說，「我們要討論流浪漢無家可歸的議題。」

臭臭先生舉起手。

「怎麼了，臭臭先生？」主持人說。

「我可以去上廁所嗎，鄧肯男爵？」

這下子觀眾笑得更大聲了。

「我應該在節目開始以前就去了，不過我請那個女化妝師幫我弄頭髮，一弄就沒完沒了。不過別誤會了，結果我超滿意的。

她幫我洗頭又把頭髮吹乾，還把那叫做髮膠的玩意抹在我頭髮上，搞得我沒機會去上廁所。」

「當然，如果你有需要的話，去吧……」

「非常感謝你，」臭臭先生說。他站起來慢慢走出電視螢幕，「用不著太久的，我想只是『小號』。」

觀衆又是一陣狂笑，在那間有電視機和不新鮮洋芋片的小房間裡，蔻洛伊和老爹也在笑。蔻洛伊看著安娜貝兒，她一直忍著不笑出來，但一絲笑意卻無法隱藏地爬上她的臉龐。

「非常抱歉！」臭臭先生又從另一邊穿過舞臺，「他們說廁所在這個方向……」

17

一頭蓬髮全塌了

「這就是爲什麼我覺得應該對所有三十歲以下的人實施宵禁，」媽媽講得口若懸河，並且微笑接受三十歲以上觀衆的零星掌聲，「他們應該最晚在八點以前就上床……」

「對不起我多花了一些時間，」臭臭先生慢慢地走回電視螢幕，「我本來以爲只是『小號』，但是就在我站在那的時候，突然有想『大號』的感覺。」觀衆爆出一陣狂笑，甚至還有人拍手叫好，因爲這嚴肅的節目已經淪落到在討論老流浪漢的衛生習慣了。「我的意思是，我通常都在早晨，大約九點零七分到九點零八分的時候，上大號。不過今晚上節目前，我在後臺吃了一個雞蛋三明治。不知道那三明治是你做的嗎，德瑞克男爵？」

「不是，那三明治不是我做的，臭臭先生。現在我們可以回來討論對年輕人實施宵禁的問題嗎？」

「嗯，別誤會了，那三明治很好吃，」臭臭先生說，「不過有時候我吃了蛋之後，會想上廁所。而且通常在沒有什麼預警的情況下，尤其是像我這麼一把年紀了。你有這種問題嗎，多瑞斯男爵？或是你的屁股還很年輕？」

又一陣狂笑襲上舞臺。在那走味洋芋片的房間裡，連安娜貝兒都笑了。

「在這裡我們要討論的是一些嚴肅的議題，臭臭先生。」大衛男爵的臉被氣得比紅色還要紅，他主持了四十幾年的嚴肅政論節目，已經在一夕之間變成由臭臭先生主演的喜劇片了。不過觀眾卻非常喜歡，在大衛男爵試圖力挽狂瀾的時候，還被觀眾噓了一頓。

他冷冷地瞪了觀眾一眼，然後轉頭對這節目的新寵說，「我是大衛男爵，不是德瑞克男爵、也不是多瑞斯男爵。**是大衛男爵**！好，現在該討論流浪漢無家可歸的議題了，臭臭先生。我有一份統計資料顯示，英國現在大約有十萬多個無家可歸的流浪漢。你認爲爲什麼有這麼多人流落街頭呢？」

臭臭先生先清清喉嚨，「嗯，如果我可以這樣大膽說的話，我想這問題的部分根源在於，我們被視爲數字而並非被當成人一樣對待。」觀眾報以熱烈的掌聲。而大衛男爵也興味盎然地往前靠，或許臭臭先生並非如他先前所想的一樣，只是個丑角。

「我們之所以無家可歸，都有各自不同的理由，」臭臭先生繼續說，「每個流浪漢都有不同的故事。也許，不管你是今晚現場的觀眾，或是在家裡看電視轉播，如果肯停下腳步跟附近的流浪漢講講話，應該就會了解。」

現在觀眾鼓掌鼓得更大聲了，不過這時候柯蘭姆太太插進來。「我就是這樣做的！」她聲稱，「有一天，我就是停下腳步去跟這個流浪漢講話，然後邀他住進我家。我總是先想到別人才想到自己，這一直是我的缺點吧！」她把頭傾向一邊，對觀眾微笑，像是從天而降的天使。

「嗯，這不是事實吧，柯蘭姆太太？」臭臭先生說。

一陣異常的寂靜，媽媽驚恐地望著臭臭先生。觀眾興奮地在座位上挪動，老爹、安娜貝兒和蔻洛伊也全都靠向電視機，就連大衛男爵的八字鬍也

期待地抖動著。

「我不知道你是什麼意思，我親愛的朋友……」柯蘭姆太太不安地說。

「我想你是知道的，」臭臭先生說，「事實上，根本不是你邀請我的，對吧？」

大衛男爵的眼睛亮了起來，「那麼是誰邀請你住進柯蘭姆家的，臭臭先生？」他又找回主控權。

「柯蘭姆太太的女兒，蔻洛伊。她才十二歲而已，卻是一個超棒的女孩。她是我見過最可愛、最善良的人。」

這些話對蔻洛伊來說是極大的肯定，在那走味洋芋片房間裡的所有人都盯著她看，看得她不好意思起來。她用雙手遮住臉，老爹驕傲地輕撫她的背。安娜貝兒假裝一點也不感興趣，伸手再拿一片走味洋芋片。

「她應該上臺鞠躬的。」臭臭先生說。

「不，不行，不行。」媽媽趕緊說。

「不，柯蘭姆太太，」大衛男爵說，「我想我們大家都想看看這個與眾不同的小女孩。」

觀眾以掌聲表示贊同，不過此刻蔻洛伊覺得自己好像黏在椅子上。她連在全班同學面前大聲講話都不敢，更何況是在幾百萬電視機觀眾前！她該說什麼？該做什麼呢？她什麼把戲也不會。這將會是她一生中最尷尬的一刻，比上次她在語言教室把通心粉吐在史普拉小姐全身都是還糟。不過掌聲越來越熱烈，最後老爹牽起她的手，輕輕地拉她起來。

「你覺得害羞，是嗎？」老爹輕聲說。

蔻洛伊點點頭。

「嗯，你用不著害羞，你是個很棒的女孩。應該為你所做的事感到驕傲，來吧！享受鎂光燈下屬於你的一刻。」

他們手牽著手，從走廊跑向舞臺。就在鏡頭外，老爹放手，微笑鼓勵她走向聚光燈。這時觀眾報以熱烈掌聲。臭臭先生朝她笑了笑，她也試著對他笑。唯一沒鼓掌的人是媽媽，蔻洛伊的眼光投向她，想要與她目光相遇，不過媽媽斷然轉頭看向別的地方。這下一來蔻洛伊更不自在了，她想要表現得體，卻又不知道該怎麼做。她只好衝下台，回到那間安全的、有走味洋芋片的房間。

「多迷人的孩子啊！」大衛男爵說。接著轉向媽媽，「現在我問你，柯蘭姆太太，為什麼你要說謊？純粹是為了你個人的政治前途嗎？」

敵對陣營的來賓看著柯蘭姆太太，非常不屑，好像他們做夢也沒想到她會做出這麼不道德的事！媽媽開始冒汗，她的髮膠開始融化，臉上的妝也漸漸花了。老爹、蔻洛伊和安娜貝兒坐在那看她侷促不安的樣子，一點忙也幫不上。

「這會兒，好像誰都想要讓這老流浪漢住進自己家似的，」她終於大叫起來，「看看他！你們在家裡看電視聞不到他味道的，我告訴你們，他很臭！有土味、汗臭味、大便味、池塘味，還有狗味。我眞希望這個臭得要命的傢伙永遠滾出我家！」

觀衆震驚之餘，一時之間鴉雀無聲。接著噓聲四起，而且越來越大。媽媽驚恐地看著觀衆，這時她的一頭蓬髮全塌了。

18

兔子大便

「我們要臭臭先生！我們要臭臭先生！」

蔻洛伊從窗簾的小縫往外看，有一大群人聚集在她家外頭。有新聞記者、攝影工作人員、還有成千上百當地的居民揮動著厚紙板做的大標語。

臭臭先生昨晚在電視上的言論顯然對人們造成很大影響。一夕之間，他從一個默默無聞的臭流浪漢變成赫赫有名的臭流浪漢。

蔻洛伊穿上她的睡袍，衝到小倉庫。

「莉莉遇上吃人肉的殭屍老師了嗎？」她一進門，臭臭先生就問。

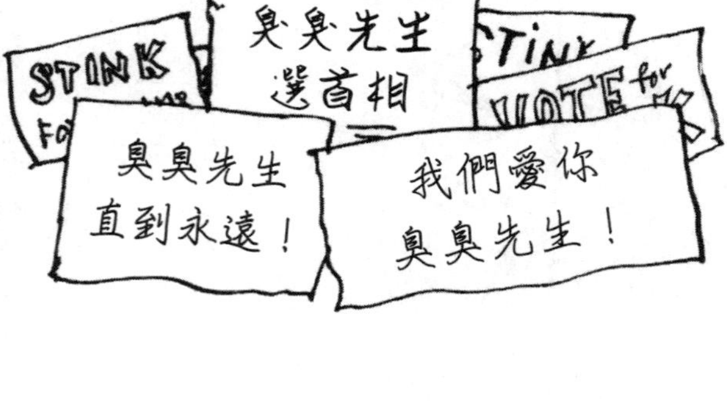

「不，臭臭先生！你沒聽見外面有一大堆人嗎？」

「抱歉，我聽不清楚你說什麼，」他說，「我在花園裡發現這些兔子大便，這當成耳塞剛剛好。」他取出兩個小小的棕色顆粒。蔻洛伊帶著一種既噁心又讚賞的複雜眼光，看著他沉思。如果你在野外發現自己需要耳塞的話，可以按照以下簡單的步驟：

步驟1

首先找一隻友善的兔子。

步驟2

耐心等待牠為你拉出一些便便。

步驟3

一邊耳朵塞一顆便便。耳朵大的要塞大顆的，說不定你還要找大一點的兔子。

步驟4

好好地睡一覺，只不過會飄來淡淡的兔子大便味。

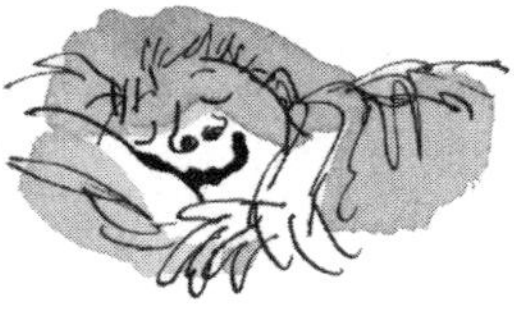

公爵夫人滿懷希望地聞聞那些大便顆粒，希望是巧克力豆或至少是拉吉店裡不要的咖啡糖，但當牠發現那是便便之後，很快地抬起鼻子，走回牠暫時的窩裡。

「啊！好多了，」臭臭先生說，「你知道嗎，我昨晚做了一個奇怪的夢，蔻洛伊。夢見我上電視討論各種重要議題！你媽媽也在那！眞是太好笑了！」

「那不是夢，臭臭先生。那是眞實發生的事。」

「喔，天啊，」流浪漢說，「那就一點也不好笑了。」

「其實很好笑的，臭臭先生。你是節目的明星，現在有好幾百人守在我家外頭。」

「他們到底想要什麼，孩子？」

「你！」蔻洛伊說，「我想他們想採訪你吧，有些人甚至要你當首相。」

群衆的聲音越來越大，「我們要臭臭先生！我們要臭臭先生！我們要臭臭先生！」

「噢！我的天啊！我聽到了。你說他們要我當首相？哈哈！我一定要記得多上電視！說不定下次我就可以當國王了！」

「你最好起床了，臭臭先生，現在！」

「好的，當然，蔻洛伊小姐。對了，我想在粉絲們面前看起來體面些。」

他笨拙地在倉庫裡走來走去聞他的衣服，然後一副愁眉苦臉的樣子。蔻洛伊想，**如果連他都覺得臭的話，那一定真的臭死了**。

「我可以很快地幫你拿些衣服去洗然後烘乾。」她滿懷期盼地提議。

「不用了，親愛的，謝謝你。我覺得洗衣機不太衛生，我只要公爵夫人幫我把一些特別髒的污漬舔掉就好了。」

他在衣服堆裡挖出一件咖啡色的髒褲子，至於這褲子原來是否是咖啡色，就不得而知了。他把褲子交給公爵夫人，牠開始不情願地做起清潔工作——舔那些髒汙。

蔻洛伊清清喉嚨，「嗯……臭臭先生，你在電視上說，每個無家可歸的人都有不同的故事。呃，可以告訴我有關於你的故事嗎？我的意思是，你爲什麼會流落街頭呢？」

「你說呢，親愛的？」

「我不知道，我有一百萬個推論。你有可能小時候被遺棄在森林裡，然後被狼群扶養長大？」

「不！」他咯咯地笑了起來。

「或者我想你或許是世界知名的搖滾巨星，因爲受不了盛名之累，就謊稱自己已經死亡。」

「但願如此！」

「要不然就是，你是一名頂尖的科學家，發明了世界上最厲害的炸彈後，明白這武器的危險性，繼而逃離軍方。」

「嗯，非常有想像力，」他說，「不過很抱歉，都不對。恐怕連邊都沾不上。」

「我想也是。」

「等時機成熟的時候我會告訴你的，蔻洛伊。」

「一定？」

「我保證，一定。現在請給我幾分鐘，親愛的。我得準備跟群衆會面了！」

19

超級流浪漢

「我不跟他道歉！」

「你必須跟他道歉！」

臭臭先生坐在廚房餐桌的主位，讀著報紙裡所有與他有關的消息；蔻洛伊站在爐子前面幫他煎香腸；她的父母則又在隔壁房間爭吵。這種對話其實不應該讓客人聽到的，不過他們實在太生氣了，嗓門也跟著越來越大。

「可是他真的很臭！」

「我知道他臭，但你也沒有必要在電視上說出來。」

蔻洛伊對著臭臭先生微笑，他正全神貫注地看著報紙上的大標題：「超級流浪漢」、「臭臭超級明星搶鏡頭！」、「無家可歸的流浪漢搶救無聊選舉」。他顯然沒聽見吵架聲，說不定他又把兔子大便耳塞戴回去了。

「**我絕不！**」媽媽大叫。「昨晚我接到首相打來一通電話，他說我讓整個政黨蒙羞，他還要我退選！」

「很好！」

「你說『很好』是什麼意思？」

「這整件事已經把你變成怪物了！」老爹大叫。

「什麼！我不是怪物！」

「是，你是！怪物！怪物！怪物！」

「你竟敢！」媽媽尖叫。

「去跟他道歉！」

「不要！」

「道歉！」

一時之間只聽到香腸肥油在鍋子裡滋滋作響的聲音。然後，門慢慢開了，媽媽像變形蟲一樣滲進來，她的那頭蓬蓬髮還沒恢復原狀。她在那裡猶豫了一會，老爹出現在門口，嚴肅地看著她。

「呃，嗯，臭臭先生？」她開口。

「是，柯蘭姆太太？」臭臭先生還在專心看報紙，頭連抬都沒抬一下。

「我想說……對不起。」

「幹嘛說對不起？」他問。

「因爲我昨晚在《質詢時間》節目裡那樣講你。說你有那些東西的味道，實在是很沒禮貌。」

「非常謝謝你……太太。」

「叫我珍妮。」

「非常謝謝你，珍妮太太。我是蠻受傷的，因爲我一直以我個人衛生習慣感到自豪。其實我上節目之前確實泡過澡了。」

「呃，你其實沒有泡澡，對吧？你只是泡了池塘。」

「對，我想你說的沒錯，我的確在池塘泡了一下。如果你希望的話，我明年還可以再『泡』一次，以保持清潔。」

「可是你並不乾淨，你還是……」媽媽又開口。

「講話厚道一點！」老爹強行介入。

「你還不知道，」媽媽跟臭臭先生說，「昨晚我在《質詢時間》說了那段話之後，首相還要求我退出競選。」

「喔，其實我知道，我剛剛聽到你和你先生在客廳裡吵架了。」

「噢。」媽媽一反常態不知該說什麼好。

「香腸好了！」蔻洛伊試圖拯救媽媽，別讓她再繼續丟臉下去了。

「我現在最好上班去了，親愛的，」老爹說，「我可不想遲到。」

「對，對。」媽媽心煩意亂地揮揮手要他走，老爹出去的時候還偷偷拿了幾片麵包放進袋子裡。蔻洛伊清楚聽見前門打開又關上，然後是樓梯底下那間儲藏室的門也依稀打開又關上的聲音。

「今天請給我七根香腸就好，蔻洛伊，」臭臭先生說，「我不想變胖，我得考慮到我的粉絲。」

「粉絲！」媽媽毫不掩飾她忌妒的怒火。

這時本來趴在餐桌上沒事的電話，突然唱起歌來。蔻洛伊接起電話，「柯魯——姆家，請問您哪位……？是首相！」

媽媽臉上又出現一絲希望，就連她的頭髮也好像振作起來了，「對嘛！我就知道我親愛的大衛會改變主意的！」

「他是要跟臭臭先生講話。」蔻洛伊一說完，媽媽上揚的嘴角立刻下垂。

臭臭先生淡定地接起電話筒，好像他常接到世界領袖打電話來似的，「我是臭臭先生，嗯？嗯？喔嗯……」

媽媽和蔻洛伊看著他的臉像在查看地圖一樣，想從他的反應讀出首相到底跟他說些什麼。

「好的，好的，好的。嗯，好的，謝謝首相。」

臭臭先生掛掉電話，又坐回餐桌繼續他的每日工作——讀與他相關的新聞。

「怎麼樣？」蔻洛伊問。

「嗯，怎麼樣？」媽媽也跟著說。

「首相邀我今天到官邸喝茶，」臭臭先生輕描淡寫地說，「他要我代替你，柯蘭姆太太，成爲這一區的候選人。我現在可以吃香腸了嗎，小蔻洛伊？」

20

髒髒的捲筒衛生紙

「哇哇哇哇哇哇哇哇！」臭臭先生出現在樓上的窗戶時，一陣巨大的歡呼聲響起。他能做的就是站在那裡，向呼喊的群衆揮手。所有的鏡頭都拉近，麥克風也往前靠攏。有一個小姐甚至把她的嬰兒舉高，這樣小嬰兒才能看到這個新明星。蔻洛伊站在臭臭先生背後幾步之遙，像是驕傲的父母般地看著這一幕。她自己並不那麼喜歡上電視，倒是寧願讓臭臭先生成爲舞台的焦點。他示意大家安靜下來，接著是一陣靜默。

「我寫了一篇短短的講稿。」他宣布完後打開一捲長長的衛生紙捲，開始宣讀。

「首先，我要說，你們今天能來看我，我非常榮幸。」

群衆又一陣歡呼。

「我只不過是一個卑微的浪跡天涯的人，一個流浪者、流浪漢，或者也可以說是街頭夢想家……」

「哼，繼續講嘛！」媽媽在蔻洛伊後面說。

「噓！」蔻洛伊要媽媽安靜。

「因此，我不知道只在電視機上前亮相一下，就能產生這樣驚人的效果。現在我能說的是，今天我要跟首相在官邸會面，討論我的政治前途。」

群衆陷入瘋狂了。

「非常謝謝你們的熱情。」他做了總結，然後把衛生紙捲回去，在衆人眼前消失。

「蔻洛伊小姐？」他說。

「嗯？」她回答

「如果我要和首相會面的話，我想我需要改變一下造型。」

蔻洛伊並不太懂「改變造型」這一回事，她知道電視上有一大堆有關造型的節目，但是媽媽不讓她看。身爲家裡的醜小鴨，她也沒有任何化妝品，所以只好試探性地去敲她妹妹的門，看能不能跟她借一些。安娜貝兒有好幾抽屜滿滿的化妝品，她在生日和聖誕節的時候都會要求買這種禮物，因爲她最喜歡把這些東西都塗在臉上，然後在房間的鏡子前面，舉辦她自己的小型選美大會。

「他走了嗎？」安娜貝兒問。

「沒有，他還沒走。如果你願意跟他說說話，說不定你會發現臭臭先生其實人很好。」

「他很臭。」

「你也是，」蔻洛伊說，「現在，我要跟你借一些化妝品。」

「爲什麼？你不化妝，長得又不好看，沒這個那必要吧。」

這一瞬間，蔻洛伊腦袋裡出現她妹妹落得幾種恐怖下場的奇想。也許一頭栽進食人魚池裡，或穿著內衣被丟棄在北極的垃圾場裡，或者被強迫餵食吃棉花糖一直到爆炸爲止。

「是臭臭先生要用的。」她把那些幻想存檔在腦中以備不時之需。

「想都別想。」

「那我要告訴媽媽，就是你一直在偷拿她的薄荷巧克力。」

「你要什麼？」安娜貝兒立刻回答。

接下來，在小倉庫裡，臭臭先生坐在一個倒置的花盆上，兩個小女孩圍著他忙著。

「這樣會不會太多了？」他問。

出乎她自己的意料，安娜貝兒玩得不亦樂乎。臭臭先生眞的需要塗上粉紅色亮晶晶腮紅、電光藍眼線、紫色眼影和橘色指甲油去見首相嗎？

「嗯……」蔻洛伊說。

「不會，你看起來很不錯，臭臭先生！」安娜貝兒一邊說還一邊把一個

蝴蝶髮夾夾在他頭上，「這眞是太好玩了！這是有史以來最棒的平安夜！」

「你不是要去教會或是哪裡報佳音嗎？」蔻洛伊故意問。

「對啊，但是我不喜歡，這好玩多了。」安娜貝兒若有所思的樣子，「你知道嗎？做這麼多愚蠢的興趣啊，運動啊，和一些有的沒有的，實在很煩。」

「那爲什麼要做呢？」蔻洛伊說。

「對啊，爲什麼要做呢，親愛的？」臭臭先生也跟著說。

安娜貝兒一副很困惑的樣子，「我也不知道，可能是要讓媽媽快樂吧。」她說。

「如果你不快樂，你媽媽也不會眞的快樂的。」臭臭先生很權威地說。不過看著他臉上五顏六色的彩妝，很難把他的話當一回事。

「呃……今天下午我很快樂，」安娜貝兒多年來第一次對蔻洛伊微笑，「跟你在一起我玩得很開心。」

蔻洛伊也對她笑，她們倆尷尬地對望了一陣子。

「那我呢？」臭臭先生問。

「當然你也是一樣啊！」安娜貝兒大笑，然後小聲對蔻洛伊說：「其實待一陣子之後就習慣那臭味了。」蔻洛伊笑著要她再小聲些。

突然小倉庫搖晃得厲害，蔻洛伊衝到門口打開門，看到一架直升機在頭頂盤旋，引擎聲嗡嗡作響，慢慢停在花園草坪上。

「啊，對了！首相說要派架直升機來接我們。」臭臭先生說。

「我們？」蔻洛伊說。

「你不會以爲我會撇下你，自己一個人去吧？」

21 不愛洗澡部部長

「你也一起來吧？」在螺旋槳如雷的轉動聲中，蔻洛伊對安娜貝兒喊。

「不，這是屬於你的日子，蔻洛伊，」妹妹對著她喊，「因爲你才有這一切，而且，直升機很小，裡面一定會很臭……」

蔻洛伊咧嘴笑了笑，就在她揮手道別的同時，直升機也緩緩升空，留下花園裡被壓扁的一大片花花草草。

媽媽的一頭蓬髮隨風飛舞，像極了起風日子在海邊的棉花糖，她試著按住不讓風吹走。貓咪伊莉莎白在草坪上被吹得東倒西歪，牠拼命用爪子抓住草地，不斷地喵喵叫著求饒。螺旋槳的強勁風勢，還是把牠從草坪射向池塘，像毛茸茸的飛彈一樣。

噗通！

公爵夫人從直升機上往下看，得意地笑了。

他們越飛越高，蔻洛伊看到她家、家附近的街道和小鎮都越來越小。不久這些社區就變成一小塊一小塊的，像是棋盤上的方格。眞是太刺激了。這是第一次在她的人生中，蔻洛伊覺得自己是世界的中心。她向臭臭先生望過去，他正打開一塊軟式太妃糖，那糖果從外觀看來，可能從五零年代起就放在他褲子的口袋裡了。臭臭先生除了賣力地嚼著這塊陳年的糖果之外，看起來一派輕鬆，好像搭直升機去見首相是一件再稀鬆平常不過的事了。

蔻洛伊對他笑，他也回敬一抹微笑，眼中閃耀著特殊的光彩，讓你幾乎忘了他身上的味道。

臭臭先生拍拍機長的肩膀，「請問，什麼時候會提供機上小推車的服務？」他問。

「先生，這只是一趟短程飛行。」

「有機會喝杯茶吃塊麵包嗎？」

「很抱歉，先生。」機長用很堅定的語氣回答，暗示著對話就此結束。

「眞令人失望。」臭臭先生說。

蔻洛伊認出了官邸的大門，因爲它常出現在禮拜天早上那些無聊的政治節目裡。這門又大又黑，而且一直有警察站在門口。她心想，**如果我當上警察，我寧願整天抓壞人，也不想站在一扇大門外面想著我喝茶時要不要配義大利麵**。不過，當警察笑著幫他們開門的時候，她很識相的沒把這想法說出來。

「請坐。」一個穿著整齊的男管家傲慢地說。這裡的工作人員已經習慣在官邸接待皇室成員和世界領袖，而不是小女孩、打扮怪異的流浪漢，和他的小狗。「首相馬上就來。」

他們站在一間四周是橡木牆的大房間裡，牆上掛著許多鑲金框的油畫，畫裡盡是一些表情嚴肅的老人盯著你看。畫框上的金光一點也沒有減少他們臉上嚴厲的神情。突然，門打開了，一群西裝筆挺的人走向他們。

「午安，很臭先生！」首相說。你可以看出他就是那個最位高權重的人，因為他走在那群人的最前面。

「是臭臭，首相。」他的幕僚糾正他。

「怎麼樣啊，老兄？」首相試著壓低他的身分。他伸出那指甲修剪得整齊、十分潤澤的小手要跟臭臭先生握。流浪漢伸出他那隻又大又髒又粗糙的手，首相看了一眼，很快地把手縮回來，用拳頭虛情假意地在他新好友的肩頭擊打一下，接著還檢查自己的指關節，發現上頭沾到一些髒汙。

「給我濕紙巾！」他要求，「現在！」

在這群人的最後面立刻有人拿出濕紙巾，快速傳到前面給首相。他很快地擦擦手，再傳回給最後面的那個人。

「首相先生，很高興與你見面。」臭臭先生說得有些不太確定。

「叫我大衛，」首相說。「天啊，他有廁所的味道。」他跟一個幕僚大聲地耳語。

臭臭先生看著蔻洛伊，感覺有些受傷，不過首相並沒有發現。「所以，你上《質詢時間》造成很大的轟動啊，我無家可歸的老兄，」他繼續說，

「眞是太好笑了，哈哈哈！」他擦了一下根本不存在的眼淚，「我想我們可以利用你。」

「利用他？」蔻洛伊懷疑地問。

「對啊，對啊！我這次大選的情勢不看好，這已經不是祕密了。民衆對我的支持率現在……」

那群隨扈裡，有個人匆匆打開資料夾，花了好一段時間逐頁翻資料。

「很糟。」

「很糟，對。謝謝你，柏金斯。」首相諷刺地說。

「是布朗洛。」

「都可以。」首相又轉回來跟臭臭先生說，「我想如果我們有你，一個活生生的流浪漢，取代柯蘭姆太太成爲候選人的話，那就太棒了。現在要再去找其他人加入已經太晚了，而你是這最後一刻的最佳人選。你眞的太好笑了，我的意思是說，當成笑柄，而不是一起歡笑。」

「你在說什麼？」蔻洛伊開始覺得要保護他的朋友了。

首相根本漠視她的存在，「太天才了！眞的。如果你加入我們的陣營，民衆就會誤以爲我們眞的關心無家可歸的人！或許有一天我還可以讓你成爲不愛洗澡部的部長。」

「不愛洗澡部？」臭臭先生說。

「對啊，你知道，就是無家可歸的流浪漢啊！」

「對喔，」臭臭先生說，「成爲流浪漢的部長，我就可以幫助其他無家可歸的人了？」

「哦，不，」首相說，「那是不具任何意義的，只是要讓我看起來像是一個超級愛護流浪漢的人而已。嗯，你覺得怎麼樣啊，臭大便先生？」

臭臭先生看起來非常不自在，「我不……我的意思是……嗯……我不確定……」

「你在開玩笑嗎？」首相大笑，「你是個流浪漢！你沒有其他更好的事可做了！」

那群西裝筆挺的人也跟著大笑。突然間，蔻洛伊想起她的學校。首相跟

他那群隨扈現在做的，就跟學校那幫壞女孩一樣。臭臭先生一時說不出話來，看著蔻洛伊求救。

「首相……」蔻洛伊說。

「是？」他帶著期盼的笑容回答。

「你真該被好好痛打一頓屁股！」

「孩子，你說了我想說的話！」臭臭先生咯咯地笑了起來，「再見了，首相，祝你們聖誕快樂！」

22 往日時光

沒直升機送蔻洛伊和臭臭先生回家了，他們得搭公車。因爲是平安夜，公車上擠滿了人，而大多數的人都被成堆的購物袋給淹沒了。蔻洛伊和臭臭先生並肩坐在雙層巴士的上層，光禿禿的樹枝刮過髒髒的窗戶。

「你跟他說他該被痛打屁股的時候，你看到他臉上的表情了嗎？」臭臭先生說。

「我眞不敢相信我做了！」蔻洛伊說。

「我很高興你這麼做，」臭臭先生說，「謝謝你挺我。」

「呃，你以前還幫我對抗那個可怕的羅莎曼呢！」

「『該被痛打屁股！』眞調皮！不過要是我的話，會說得更難聽！哈哈！」

他們一起笑了起來，臭臭先生把手伸到他長褲口袋裡拉出一條髒手帕，擦他笑出來的眼淚。當他在擦臉的時候，蔻洛伊發現手帕上頭縫了一個標籤。湊近一看，她發現那標籤是絲質的，上頭還精巧地繡了一個名字……

「達林頓……公爵？」她唸了出來。

接著是一陣靜默。

「那是你嗎？」蔻洛伊說，「你是個公爵？」

「不……不是……」臭臭先生說，「我只是個卑微的流浪漢，這條手帕是我在舊貨市場買到的。」

「我可以看看你的銀湯匙嗎？」蔻洛伊輕聲說道。

臭臭先生無可奈何地笑了一笑，把手伸進外套口袋慢慢掏出湯匙，然後遞給她。蔻洛伊拿在手裡，仔細端詳，她發現她錯了。上頭並不是三個字母，而是一個字母刻在湯匙頂端，兩邊各有一隻獅子。

一個大寫字母Ｄ。

「你就是達林頓公爵，」蔻洛伊說，「讓我再看看你的舊照片。」

臭臭先生小心地拿出他那張黑白照片。

蔻洛伊看了好幾秒鐘，正如她記憶中的一樣。一對年輕漂亮的夫婦、勞斯萊斯名車、大宅院。只不過現在再看一次，她看出照片裡的年輕人和他身邊的老流浪漢有些相像。「照片裡的這個人是你。」

蔻洛伊小心翼翼地拿著照片，她知道自己手中捧著的是非常珍貴的東西。沒有鬍子和一身髒汙，臭臭先生看起來年輕多了，眼中還閃著光芒，這一定是他沒錯。

「好吧，我承認，」臭臭先生說，「那就是我，蔻洛伊。那是很久很久以前的事了。」

「在你旁邊的這位女士是誰？」

「我的妻子。」

「你的妻子？我不知道你結婚了。」

「你也不知道我是個公爵呢。」臭臭先生微笑地說。

「這一定是你的房子了，達林頓公爵。」蔻洛伊指著照片裡那對夫婦背後的大宅子，臭臭先生點點頭。「那後來你怎麼變得無家可歸的呢？」

「這是一個很長的故事，親愛的。」臭臭先生推託地說。

「可是我想聽。」蔻洛伊說，「拜託，我已經告訴你那麼多有關我的事了。自從我第一次見到你，我就很想聽聽你的故事，臭臭先生，我知道你一定有很精彩的故事可以講。」

臭臭先生吸了一口氣，「好吧，孩子，我曾經擁有一切。花不完的錢、美麗的莊園還有私人湖泊。我的生活就像永無止息的夏季一樣，槌球、在草坪上喝茶、整天打板球。更美好的是，我和一個美麗、聰明、風趣又可愛的女人結婚。我們是青梅竹馬，她叫紫羅蘭。」

「她好漂亮。」

「是，沒錯，她的確非常漂亮，言語難以形容。你知道嗎？我們曾經那麼忘我地盡情享樂。」

顯然這一切都對了，蔻洛伊終於明白：臭臭先生把紙團投入垃圾桶的專業姿勢、刻著字母的銀湯匙、完美的餐桌禮儀、堅持走在人行道外側，還有他擺設小倉庫的方式。這全都是眞的，他是超級上流社會的人。

「這張照片拍完不久後，紫羅蘭懷孕了，」臭臭先生繼續說，「我高興得不得了。不過，有一天晚上，那時候我太太懷孕八個月了，我的司機載我到倫敦的一家男士俱樂部和我的老同學聚餐。其實，那天是平安夜，我待到很晚，自私地在那裡喝酒、抽雪茄……」

「什麼意思，爲什麼說自私？」蔻洛伊說。

「因爲我根本就不應該離開，我們在回家的路上被暴風雪耽擱了，一直到清晨才回到家，到的時候才發現我家失火了……」

「哦不！」蔻洛伊大叫，不知道接下來的故事她能不能承受得了。

「一定是我們房間裡火爐的煤炭掉出來，把地毯點燃，那時候她在睡覺。我從勞斯萊斯裡跑出來，踩著厚厚的積雪，拚了命要衝進房子，但是消防隊員不讓我進去，有五個消防隊員把我架回來。雖然他們盡全力搶救，可惜已經太遲了。屋頂倒塌，來不及救出紫羅蘭。」

「哦！我的天啊！」蔻洛伊倒抽一口氣。

淚水充滿了老流浪漢的眼眶，蔻洛伊不知道該如何是好。她從來沒處理過情緒的事，不過她還是試著伸出手安慰他。當她把手伸向他的時候，時間好像慢了下來。他的眼淚流下來，把他半個世紀的痛苦都宣洩出來。

「如果那個晚上我沒有去俱樂部就好了，或許我就能救得了她。如果我整晚抱著她，讓她覺得安全又溫暖，那她可能根本不需要用火爐來取暖了。我親愛的，親愛的紫羅蘭。」蔻洛伊緊緊握著他的髒手。

「你不能把那場火都怪到自己的頭上。」

「我應該在那裡陪她的，我應該在那裡的……」

「那是意外，」蔻洛伊說，「你要原諒你自己。」

「我不能，我永遠無法原諒我自己。」

「你是個好人，臭臭先生。那是一場可怕的意外，你一定要相信。」

「謝謝你，孩子。我不應該哭的，尤其不應該在公車上哭。」他吸了吸鼻子，整理自己的情緒。

「所以，」蔻洛伊說，「你後來怎麼會流落街頭呢？」

「唉，我的心都碎了，傷心得無法自拔。我失去我還沒出生的孩子、我摯愛的女人。葬禮過後，我試著回到房子裡，一個人住在沒被大火波及的另一邊。但是那房子有太痛苦的回憶了，我無法入睡。在那裡，我天天做噩夢，一直夢到她的臉在烈焰裡。我得離開，所以有一天我走了，再也沒有回去。」

「我很抱歉，」蔻洛伊說，「如果人們知道……」

「就像我在電視上說的，每個流浪漢身上都有個故事，」臭臭先生說，「這就是我的故事，很抱歉故事裡沒有間諜、沒有海盜、沒有你想像的那些

情節。現實生活不是那樣，我並不是故意要讓你失望的。」

「聖誕節一定是你最難過的日子。」蔻洛伊說。

「是啊，沒錯，這是必然的。聖誕節是幸福快樂的象徵，對我卻是最難熬的。這個家人歡聚的時刻，對我來說是個提醒，讓我更加思念失去的親人。」

公車到站了，蔻洛伊挽著臭臭先生的手臂一起走回家。看到所有的新聞記者和攝影人員都走了，蔻洛伊終於鬆了一口氣。可笑的老流浪漢現在一定變成舊聞了。

「我眞希望我可以扭轉每件事情。」蔻洛伊說。

「你已經這麼做了，蔻洛伊小姐，從你主動走過來跟我說話就開始了啊！你讓我又重拾歡笑，你還對我那麼好，你知道嗎？如果我有像你這樣的孩子，我一定會非常驕傲的。」

蔻洛伊感動到不知道要說什麼才好，「呃，」她說，「我知道你可以是個好爸爸的。」

「謝謝你，孩子，你眞是太善良了。」

走近家門的時候，蔻洛伊看著她家，發現一件事，她不想回家。她再也不想和她恐怖的媽媽住在一起，也不想再去上那可怕的貴族學校了。他們靜靜地走了一陣子，蔻洛伊深深吸了一口氣，轉向臭臭先生。

「我不想回去那裡，」她說，「我想和你一起去流浪。」

23

離家出走

「很抱歉蔻洛伊小姐，你不可能跟我走的。」臭臭先生說，他們站在通往車庫的車道上。

「爲什麼不行？」蔻洛伊抗議。

「有一百萬個理由！」

「說一個來聽聽！」

「太冷了。」

「我不怕冷。」

「嗯，」臭臭先生說，「露宿街頭，對像你這樣年輕的女孩來說，實在是太危險了。」

「我就快要十三歲了！」
「上學對你來說是很重要的。」
「我討厭學校，」蔻洛伊說，「拜託、拜託、拜託，臭臭先生。讓我跟著你和公爵夫人一起走。我想跟你一樣浪跡天涯。」
「你一定要先好好想一想，孩子，」臭臭先生說，「你媽媽會怎麼說？」
「我不在乎，」蔻洛伊沒好氣地說，「反正我恨她。」
「我不是跟你說過了，你不應該這樣講。」
「可是這是事實。」
臭臭先生嘆了一口氣，「你已經下定決心了嗎？」
「百分之百！」
「這樣的話，我最好替你去跟你媽講一下。」
蔻洛伊笑了，太好了！一切就要實現了，她終於要自由了！再也不用被迫很早就上床睡覺，再也沒有數學功課，再也不必穿黃色打摺裙讓自己看起來像是包著玻璃紙的糖果。這是蔻洛伊人生中最興奮的時刻，她就要和臭臭先生一起浪跡天涯，三餐吃香腸，在池塘泡澡，到任何一家星巴克，把人群薰跑。

「非常謝謝你，臭臭先生。」她最後一次把鑰匙伸進鎖孔開門。

蔻洛伊在房間裡非常興奮地把她的衣服和藏在床底下的巧克力都扔進包包裡，她依稀聽到樓下廚房傳來講話的聲音。**媽媽不會在乎的**，蔻洛伊心想，**她根本不會想我！她只在乎安娜貝兒**。

蔻洛伊環顧她粉紅色的小房間，奇怪的是，現在她要走了，才開始覺得有點喜歡它。她也會想念老爹的，當然還有安娜貝兒，甚至貓咪伊莉莎白。但是嶄新的人生正在呼喚她。那是一種神祕充滿冒險的生活，一種可以編織有關吸血鬼和殭屍睡前故事的生活，一種可以當著惡霸的面前打嗝的生活！

就在這個時候，有人輕輕敲她的門，「我馬上就來，臭臭先生！」蔻洛伊喊著，把最後一件貓頭鷹飾品丟進包包裡。

門慢慢地開了，蔻洛伊轉頭一看，倒抽了一口氣。

那不是臭臭先生。

是媽媽，她站在走廊上，眼睛都哭紅了。一行淚水滑過她的臉頰，一個塑膠雪人很不搭嘎地在她頭頂上晃動著。

「我親愛的蔻洛伊，」她結結巴巴地說，「臭臭先生剛剛告訴我你想離家出走。拜託，我求你，不要走。」

蔻洛伊從來沒看過媽媽這麼難過，突然間，她有些罪惡感，「我，呃，只是覺得你不會在意的。」她說。

「在意？如果你走了我會承受不住的。」媽媽說完開始啜泣，這一點也不像她，蔻洛伊好像在看另一個人。

「臭臭先生跟你說什麼？」她問。

「這老人家狠狠地說了我一頓。」媽媽說，「他說你在家裡有麼多不快樂，教我要怎麼樣才能成爲好一點的媽媽。他也告訴我他是怎麼失去他的家庭的，還說如果我再不小心，就會失去你。我覺得很慚愧。我知道有些事我們的看法不同，但我是愛你的，眞的。」

蔻洛伊嚇壞了，他以爲臭臭先生只是去問媽媽她可不可以跟他一起走，沒想到他竟然把媽媽弄哭了。她非常的生氣，這根本不是原來的計畫！

就在這個時候，臭臭先生神情嚴肅地出現在門口，他站在媽媽身後一步的距離。

「對不起，蔻洛伊，」他開口，「我希望你能原諒我。」

「你爲什麼要說那些話？」她生氣地問，「我還以爲我們就要一起浪跡天涯了。」

臭臭先生慈祥地微笑，「或許有一天你會自己一個人浪跡天涯，」他說，「不過現在，相信我，你需要你的家人。我願意放棄一切換回我的家人，一切。」

媽媽的腳看起來好像就要撐不住了，她踉蹌地走向蔻洛伊的床邊，癱坐在那啜泣，羞愧地遮著臉。有好一陣子的時間，蔻洛伊默默地看著臭臭先生，在她內心深處，她知道他是對的。

「我當然原諒你。」蔻洛伊終於跟他說。臭臭先生報以他特有的微笑，眼中閃耀著亮光。

然後她輕輕坐到媽媽的身邊，用手臂環繞著她。

「我也愛你，媽媽，非常愛。」

24

噁心、噁心、噁心

現在是平安夜，夜深了，老爹拿著一大桶假期歡樂綜合餅乾桶，在臭臭先生的鼻子底下晃啊晃的。「要不要來塊餅乾啊？」他問。

老爹已經狼吞虎嚥地吃了好幾塊了，整天躲在樓梯底下的儲藏室，只吃幾片乾麵包果腹是不夠的。臭臭先生往桶子裡看了一眼，露出作嘔的表情。

「有沒有過期的？」他問，「最好上頭還有些發黴？」

「沒有，很抱歉。」老爹回答。

「那就不用了，謝謝你。」臭臭先生一邊說一邊拍著坐在他腿上的公爵夫人，牠正隔著咖啡桌和伊莉莎白大眼瞪小眼。這隻家貓裹著毛巾，躺在安娜貝兒的腿上，「游泳」之後牠的身體還在康復中。

「別管什麼餅乾了，」安娜貝兒說，「我想知道你們跟首相說了什麼？」

「蔻洛伊說他……」

「我們告訴他臭臭先生沒興趣，」蔻洛伊趕忙插話，「所以，媽，或許你還是可以出來參選議員。」

「噢不，我不想了，」媽媽說，「在電視上自取其辱之後就不想了。」

「可是你現在認識了臭臭先生，而且也看到其他人是怎麼生活的，你可以試著讓他們過得更好。」蔻洛伊建議。

「呃，或許下一屆選舉我再試試看吧，」媽媽說，「不過我得改變我的政見，尤其是流浪漢的這一部份。很抱歉我以前實在錯得太離譜了。」

「還有關於失業的那部分，對吧，老爹？」蔻洛伊說。

「什麼？」媽媽說。

「謝謝你啊，蔻洛伊，」老爹自嘲地說，「嗯，我本來不想告訴你的，不過汽車工廠好像就要倒閉，我們很多人都被裁員了。」

「所以你……」媽媽難以置信地問。

「失業了，沒錯，或者是『領救濟金的人渣』，也許你會這樣說。我不敢告訴你，所以我上個月一直躲在樓梯底下的小房間。」

「什麼意思，你不敢告訴我？我愛你，而且我會一直愛你，不管你有沒有在那家愚蠢的車廠工作都一樣。」

老爹摟住媽媽，媽媽的頭緊緊依偎老爹與他擁吻。他們親吻了好一陣子，蔻洛伊和安娜貝兒既驕傲又尷尬地看著。看著父母接吻，是蠻好的，但是有點噁心。尤其這樣熱烈擁吻更是噁心、噁心、噁心、噁心。

「我可以回去搖滾樂團，不過你把我的吉他丟進火堆了。」老爹咯咯地笑著說。

「不！」媽媽說，「我現在想起來還是很難過，我第一次看到你和樂團在舞台上的時候，就瘋狂地愛上你了，這就是我嫁給你的原因。當年你的專輯賣得不好，我看得出來你有多失望，我受不了看你那個樣子。我想我得幫你走出來，但是現在我知道，我當時做的只是把你的夢粉碎了。我不想再犯相同的兩次錯誤了。」

她站起來，開始在她藏薄荷巧克力的餐具櫃最底下的那個抽屜翻東西。「對不起我把你的故事撕掉了，蔻洛伊。」媽媽拿出了那本被她撕成碎片的數學練習簿，她花了很大的功夫用透明膠帶把整本書貼回去。當她將這本書交給蔻洛伊時，眼中還閃著淚光，「上了《質詢時間》之後，我想了很多，」她說，「我把它從垃圾桶裡找出來，重新讀過一遍，蔻洛伊，實在太棒了。」

蔻洛伊微笑地把書接過來，「媽，從現在開始我保證一定努力學數學。」

「謝謝你，蔻洛伊。我也有東西要給你，親愛的。」媽媽對老爹說。她從聖誕樹底下拉出一個包裝得很漂亮的禮物，從外型看來，就是一把電吉他。

25

黑色皮製的槲寄生

「今年聖誕節我掛上了黑色皮製的槲寄生，我要親吻你，用鬍渣扎你……」

老爹把他的新電吉他插上揚聲器，在客廳裡來回大步走動，精力旺盛地唱著他當年樂團的一首歌。顯然他找回了他的人生，他的那一頭捲髮似乎又長回來了。

媽媽、蔻洛伊、安娜貝兒和臭臭先生坐在沙發上跟著拍手，就連伊莉莎白和公爵夫人也趴在一起隨著音樂點頭。重搖滾不太對臭臭先生的味，爲了對抗噪音，他只好悄悄把兔子大便耳塞又塞回去。

「耶，寶貝，我要吃你做的碎肉派，我要給你一個大驚喜……！」

這首歌曲在老爹激烈的花式吉他演奏聲中結束，他那一小群粉絲熱烈歡呼鼓掌。

「謝謝在場的所有觀衆，非常感謝。剛剛那首，當然是末日之蛇的聖誕單曲，『黑色皮製的槲寄生』，排行榜第九十八名。接下來的歌曲是……」

「親愛的，我想今晚的重搖滾音樂已經夠了。」媽媽說，她或許已經後悔送他這樣禮物了。她緊張地轉頭對蔻洛伊說，「親愛的，你現在不想離家出走了吧？」

「不了，媽，我再也不會離開了。這是最棒的聖誕節。」

「噢，太棒了！」媽媽說，「我們全家可以這樣快樂的在一起，實在是太好了。」

「不過……」蔻洛伊說，「我心裡還有一件事。」

「說吧。」媽媽說。

「我希望臭臭先生可以正式搬進來。」

「什麼？」媽媽倒抽了一口氣。

「這個主意很好，」老爹說，「我們都喜歡和你在一起，臭臭先生。」

「對啊，你現在就像是我們家裡的一份子。」安娜貝兒說。

「呃，我想他是可以在小倉庫裡再多待一陣子啦……」媽媽不太情願地說。

「我的意思不是說待在小倉庫，我是說搬進房子裡。」蔻洛伊說。

「那當然。」老爹說。

「那眞是太好了！」安娜貝兒也跟著說。

「呃，嗯，喔，嗯……」媽媽有些不知所措的樣子，「我眞的非常感激臭臭先生爲我們做的一切，但是我不確定他住在這裡會不會自在，我無法想像他能習慣住這麼好的房子……」

「其實，臭臭先生以前住的是豪宅。」蔻洛伊很開心地說。

「什麼？當僕人嗎？」媽媽說。

「不，那是他自己的豪宅，臭臭先生其實是個公爵。」

「公爵？是眞的嗎，臭臭先生？」

「是的，柯魯——姆太太。」

「豪宅！喔，那就另當別論了！」媽媽以非常驕傲的口氣宣布，這個家總算有個眞正上流社會的人了，「老公，把沙發的塑膠護套拿掉；安娜貝兒，拿出最好的瓷器！還有不管什麼時候，如果你想要用樓下的廁所，臭臭公爵，我這裡有鑰匙。」

「謝謝，不過我現在不需要。喔，等等……」

大家滿心期待地看著臭臭先生。蔻洛伊、安娜貝兒和老爹都很好奇，總算可以一窺樓下廁所的面貌了，因爲他們從來沒有人獲准可以進去過。

「沒事……沒事，虛驚一場。」

媽媽繼續滔滔不絕地講，「還有……還有……你可以睡我們的臥室，公爵閣下！我可以睡去沙發床，我老公也很樂意搬到小倉庫去。」

「什麼？」老爹說。

「拜託……拜託……拜託跟我們住在一起。」蔻洛伊打岔。

臭臭先生靜靜地坐了一會，手裡的茶杯和托盤開始嘎嘎作響，淚水在眼中打轉。接著眼淚緩緩滑落臉頰，在他髒髒的臉上畫出一道白色的淚痕。公爵夫人抬頭望著他，溫柔地舔掉他的淚水。蔻洛伊的手悄悄地伸到沙發的那一邊安慰他。

他緊緊地握著蔻洛伊的手，緊到讓蔻洛伊知道，這是在跟她道別。

「你們眞是太好了，謝謝，謝謝你們大家。但是我必須說『不』。」

「至少和我們一起過聖誕節和聖誕節之後的送禮日吧。」安娜貝兒說。

「拜託……」蔻洛伊說。

「謝謝你們，」臭臭先生說，「不過我恐怕得拒絕。」

「可是爲什麼呢？」蔻洛伊追問。

「我的任務已經完成了，而且我是個流浪者，」臭臭先生說，「時候到了，我該繼續去流浪了。」

「可是我們想讓你平平安安、舒舒服服地跟我們在一起。」說到這裡，蔻洛伊的眼淚從臉頰滑落，安娜貝兒用袖子幫她姐姐擦掉淚水。

「對不起，蔻洛伊小姐。我要走了，請不要再流淚，不要再難過了。再見了，感謝你們大家對我的好。」臭臭先生放下他的茶杯和托盤，向門口走去。「走吧，公爵夫人，」他說，「該走了。」

26

小星星

他走進月光中，那晚的月亮又圓又亮，看起來完美得不像是眞的，好像是畫好了，用掛鉤掛上去的，美得難以想像。那晚沒下雪，現在的聖誕節都不太下雪了，雪景只出現在卡片上。不過因爲風雨的關係，街道都濕濕的，月亮倒映在幾百個小水窪上。大部份的房子都有各式各樣的聖誕裝飾，聖誕樹的小燈透過雙層玻璃發出閃閃亮光。這些裝飾和月亮、微弱的星光比起來，也非常美麗。這時候臭臭先生緩緩走著，只聽見他的破鞋子和地面摩擦的節奏聲響，公爵夫人則低著頭，認份地在後面跟著。

蔻洛伊從樓上的窗戶看著他漸行漸遠。她的手碰著冰冷的玻璃窗，試著要伸出去。她就這樣看著他走出視線，最後才回到自己的房間。

這時候，她坐在床上，想出了再見他最後一次的理由。

「莉莉和吃人肉的殭屍老師！」她大叫，衝向大街。

「蔻洛伊小姐？」臭臭先生轉過身來。

「我一直在構思莉莉的第二次冒險故事，現在我講給你聽！」

「為我寫下來吧，孩子。」

「寫下來？」蔻洛伊問。

「對，」臭臭先生說，「希望有一天當我走進書店的時候，可以看到你的名字印在書本的封面。你有說故事的天分，蔻洛伊。」

「我有嗎？」蔻洛伊從來不覺得自己有什麼天分。

「有。你獨自一人待在房間的那些時間，有一天會開花結果的。你有過人的想像力，年輕人，那是很棒的才華，你應該跟大家分享。」

「謝謝你，臭臭先生。」蔻洛伊害羞地說。

「不過我很高興你追過來，」臭臭先生說，「我想起來我有東西要給你。」

「給我？」
「是的，我把我所有的零錢都存起來，幫你買了一份聖誕禮物，我想應該是很特別的東西。」
臭臭先生從他的袋子翻出一包用牛皮紙包著、繩子綁好的東西，交給蔻洛伊。蔻洛伊非常期待地打開，裡面是忍者龜文具組。
「這是少女最愛的功夫烏龜之類的玩意吧，我想你會喜歡的。拉吉先生說這是他店裡最後一組了。」
「是他說的嗎？」蔻洛伊笑了，「這是我收過最棒的禮物了。」她沒有說謊，臭臭先生把他所有零錢存起來幫她買禮物，這禮物就等於是全世界。
「我會永遠珍惜的，我保證。」
「謝謝你。」臭臭先生說。
「你還送給我們全家最棒的聖誕節禮物，你把我們都凝聚在一起了。」
「呃，我想那不全是我的功勞！」他笑了，「你現在真的應該回家了，小蔻洛伊。外頭很冷，而且好像快要下雨了。」

「我一想到你要睡在外頭就覺得好擔心，」她說，「尤其在這種又冷又濕的夜晚。」

臭臭先生笑著說，「我喜歡待在外頭，你知道嗎，我結婚的那個夜晚，我親愛的紫羅蘭指著天上最亮的那顆星給我看。你看到了嗎？在那邊的那一顆？」

他指著那顆星星，一閃一閃發出明亮的光芒，就像他的眼睛。

「我看到了。」蔻洛伊說。

「嗯，那天晚上我們站在臥室陽台，她說只要那顆星持續發出光芒，她就會永遠愛我。所以每晚睡覺前，我都會看著那顆星星想著她，想著我們曾經共同擁有的愛情。看著那顆星星，我就看到她了。」

「眞美。」蔻洛伊顫抖地說，試圖忍著不要哭出來。

「我的妻子沒有離開，每晚她都在夢裡與我相遇。現在回家吧，不用擔心我了，蔻洛伊小姐。我有公爵夫人和我的星星陪伴我。」

「我會想你的。」蔻洛伊說。

臭臭先生笑了，然後指著天空，「你看到紫羅蘭的星星了嗎？」他問。

蔻洛伊點點頭。

「你看到下面還有另一顆小星星嗎？」

「看到了。」蔻洛伊說。夜空中，紫羅蘭的星星綻放明亮的光芒，底下有一顆較小的星星也在黑暗中閃閃發光著。

「嗯，你是個非常特別的孩子，」臭臭先生說，「當我看著那顆星的時候，我就會想到你。」

蔻洛伊實在太感動了，「謝謝你，」她說，「我看到這顆星星的時候也會想起你。」

她緊緊地擁抱著他，不想放手。而臭臭先生靜靜地站著抱了她一會，然後輕輕搖晃一下好讓自己脫身。「我得走了，我的靈魂是安定不下來的，我需要流浪。再見了，蔻洛伊小姐。」

「再見了，臭臭先生。」

臭臭先生逐漸消失在路的盡頭。她看著他走出視線，一直到大街恢復一片寂靜。

夜深了，蔻洛伊獨自坐在床上，臭臭先生走了，也許就這麼永遠地走了，不過她還可以聞得到他的氣味，她會永遠聞得到的。

她打開數學作業簿，開始寫她的新故事。

臭臭先生從以前就很臭……

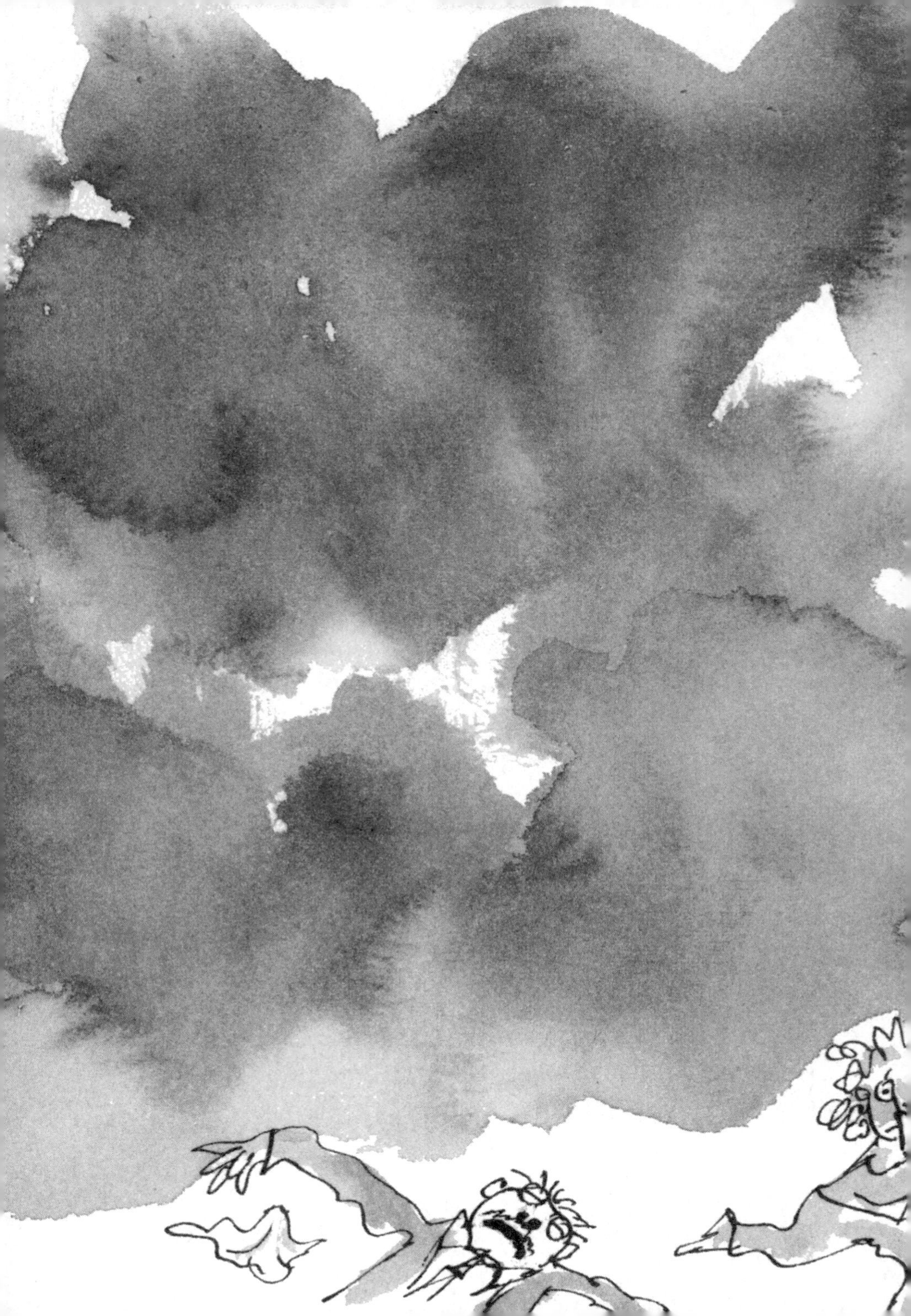

謝辭

再一次，我要對昆丁．布雷克表達十二萬分的感謝，他精彩的插畫為我的作品增色不少。我到現在都還不太敢相信自己能與這樣的傳奇人物合作。

另外我還要感謝哈潑．柯林出版社的馬力歐．桑多斯和安珍妮．莫塔，謝謝你們再次信任我。還有我的編輯尼克．雷，是他讓我在賣力工作之餘又帶我去喝茶、吃蛋糕，值得我獻上最大的謝意。文案編輯愛力克斯．安卓、封面設計詹姆士．安諾以及文字設計艾羅林．葛蘭也都非常出色。

我還要跟哈潑·柯林出版社所有致力推廣銷售的人致謝，特別是山姆·懷特。此外，我的經紀人，獨立報的保羅·史帝文斯，也是個非常好的人，所有我腦袋應付不來的重要合約事宜都是他包辦的。

最後我還要感謝所有寫信給我的人，特別是孩子們。

謝謝你們喜歡我曾寫過的書，還花時間寫信給我，眞令人感動。這對於當時正著手進行《臭臭先生》的我，眞是一大鼓勵。

希望這本書不會令你們失望。

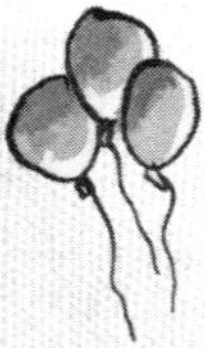

David Walliams

大衛・威廉幽默成長小說

《午夜幫》

定價：350 元

專門實現住院孩童夢想的最高機密組織！

因爲一場板球比賽的意外，湯姆住進了范爺醫院頂樓的兒童病房，本以爲可以就此逃離討厭的學校生活，殊不知這間醫院卻是另一場噩夢：長相嚇人的搬運工、**完全不可靠的菜鳥醫生**、非常討厭小孩的兒童病房管理人梅春，同病房的其他孩子還在午夜裡鬼鬼祟祟，好像在策畫什麼詭計！

失意賽車手爸爸變身飛車惡棍？!

原本賽車場上叱吒風雲的爸爸，一場意外讓他頓失收入，家中生計產生了大轉變。但是崇拜父親的法蘭克，覺得只要能跟爸爸在一起就很幸福了！

直到某天爸爸揚言找到了工作，會賺很多錢回家，好奇心驅使之下，法蘭克偷偷跟蹤爸爸，卻驚訝地發現爸爸跟一群**凶神惡煞**攪和在一起，還被逼迫在鎮上**飆速開車**！到底這些人是誰？爸爸遇上什麼麻煩了嗎？

《壞爸爸》

定價：350 元

《神偷阿嬤》

定價：250 元

小班的阿嬤有著不為人知的眞面目——國際頭號珠寶神偷！爲了幫臥病在床的阿嬤完成畢生夢想，小班決定練習各種逃生技巧，參與竊取行動！

《臭臭先生》

定價：250 元

12 歲的蔻洛伊沒有朋友、家庭似乎也不美滿，常常感到孤單寂寞。她發現流浪漢臭臭先生也一樣！於是蔻洛伊決定幫臭臭先生找一個「家」！

《小鬼富翁》

定價：250 元

小喬想要和普通小朋友一樣過平凡的生活，於是轉學到公立學校。他的第一個朋友巴布總是被欺負，小喬便想要用錢來解決問題，卻不懂爲何巴布會氣得跟他絕交……

《巫婆牙醫》

定價：320 元

阿飛最討厭看牙醫了！某天，學校來了一位新牙醫——露特女士，竟然用糖果當作獎勵！但奇怪的事情接二連三的在夜晚發生，露特女士似乎不只是普通的牙醫……

《爺爺大逃亡》

定價：320 元

傑克的爺爺曾是駕駛噴火式戰鬥機的空軍飛官，不知從哪天起，爺爺開始忘東忘西，這次更爬上教堂塔頂！爲了讓爺爺安全降落，傑克只好配合演出，展開一場驚險刺激的暮光之塔大逃亡！

還要！還要！還要！

驕縱女孩溫淘淘任性索求將迎來無法招架的可怕怪物！

「我想要一個瞪西！」

溫先生爲女兒翻山越嶺來到最陰森最黑暗的叢林，帶回《怪物百科》中記載的終極怪物－瞪西！淘淘和瞪西的角力大戰即將展開，溫氏夫妻有沒有機會從中獲得救贖呢！

《瞪西毛怪》

定價：320 元

《冰原怪獸》

定價：390 元

照過來照過來！北極發現冰原怪獸！

百年前的倫敦正爲了探險隊的偉大發現而瘋狂，流浪於倫敦街頭的孤兒愛爾西，對這隻龐然巨獸一見鍾情，她決定和她的一票夥伴展開救援，一同踏上冰原冒險！

《鼠來堡》

定價：320 元

警告！鼠滿爲患，小心愼入！大衛·威廉不改荒誕風格，劇情瘋狂發展！

寵物鼠阿米蒂奇是平撫柔伊悲慘人生的唯一慰藉，但是某天阿米蒂奇被抓走了，柔伊聽到漢堡攤販伯特與她繼母之間的對話，阿米蒂奇恐慘遭不測，她一定要去救牠。

《壞心姑媽》

定價：380 元

一場意外後醒來竟成了孤兒？而僅剩的親人卻不懷好意！

史黛拉的悲慘命運就從失去父母的那一刻開始，薩克斯比大宅是父母留給她的家產。還來不及撫平傷痛，唯一的親人阿伯塔姑媽卻開始覬覦她的家產，一樁又一樁離奇的事件接連發生。

國家圖書館出版品預行編目資料

臭臭先生 / 大衛・威廉著;昆丁・布雷克繪;
鐘岸眞譯. -- 初版. -- 臺中市 : 晨星, 2014.11

面；　公分.--（蘋果文庫；58）

譯自：Mr. StinK

ISBN 978-986-177-843-3(平裝)

873.59　　　　103003459

蘋果文庫 058

臭臭先生

作者 | 大衛・威廉、繪者 | 昆丁・布雷克、譯者 | 鐘岸眞
主編 | 郭玟君、助理編輯 | 鄭乃瑄
封面設計 | 黃裴文、美術設計 | 張蘊方

創辦人 | 陳銘民
發行所 | 晨星出版有限公司、台中市407工業區30路1號
TEL:(04)23595820 FAX:(04)23550581 E-mail:service@morningstar.com.tw
http://star.morningstar.com.tw
行政院新聞局局版台業字第2500號

法律顧問 | 陳思成律師
初版 | 西元2014年11月15日
九刷 | 西元2023年12月31日
服務專線 | 02-23672044 / 04-23595819#212
網路書店 | http : //www.morningstar.com.tw
郵政劃撥 | 15060393（知己圖書股份有限公司）
印刷 | 上好印刷股份有限公司
ISBN | 978-986-177-843-3
定價 | 250元

蘋果文庫 悄悄話回函

親愛的大小朋友：

感謝您購買晨星出版蘋果文庫的書籍。即日起，凡填寫此回函並附上郵資55元（工本費）寄回晨星出版，就可以獲得精美好禮乙份！

打★號為必填項目

★購買的書是：**臭臭先生**＿＿＿＿＿＿＿＿＿＿＿＿＿＿＿＿＿＿＿＿

★姓名：＿＿＿＿＿＿＿＿＿＿ ★性別：□男 □女 ★生日：西元＿＿＿＿年＿＿月＿＿日

★電話：＿＿＿＿＿＿＿＿＿＿ ★e-mail：＿＿＿＿＿＿＿＿＿＿＿＿＿＿＿＿＿＿

★地址：□□□ ＿＿＿＿＿ 縣／市 ＿＿＿＿＿ 鄉／鎮／市／區

＿＿＿＿＿ 路／街 ＿＿ 段 ＿＿ 巷 ＿＿ 弄 ＿＿ 號 ＿＿ 樓／室

職業：□學生／就讀學校：＿＿＿＿＿＿ □老師／任教學校：＿＿＿＿＿＿＿

□服務 □製造 □科技 □軍公教 □金融 □傳播 □其他＿＿＿＿＿＿＿

怎麼知道這本書的呢？

□老師買的 □父母買的 □自己買的 □其他＿＿＿＿＿＿＿＿＿＿＿＿＿＿＿＿

希望晨星能出版哪些青少年書籍：（複選）

□奇幻冒險 □勵志故事 □幽默故事 □推理故事 □藝術人文

□中外經典名著 □自然科學與環境教育 □漫畫 □其他＿＿＿＿＿＿＿＿＿＿

★感想：

請黏貼
8 元郵票

407　台中市工業區30路1號
晨星出版有限公司
TEL：（04）23595820　FAX：（04）23550581
e-mail：service@morningstar.com.tw
http://www.morningstar.com.tw

請延虛線摺下裝訂，謝謝!

臭臭先生
Mr Stink